# Zaira León

# Zaira León

**ola**
PUBLISHING
INTERNACIONAL

ISBN: 978-1-63765-175-9

Hola Publishing Internacional
*www.holapublishing.com*

Impreso y encuadernado en los Estados Unidos de América

Si vivieras un día a la vez y te dejaras fluir en tus sueños, entenderías que cada "caída" es una práctica que nos acerca cada vez más a nuestras metas. Aquellos que a pesar de sus "fracasos" se levantan y dicen "ahí voy de nuevo", son quienes alcanzan sus sueños, pero si pides ayuda al cielo, todo puede ser más sencillo.

# Índice

# Introducción

Cuando somos niños, solemos asombrarnos con mucha facilidad de las cosas que vemos. Nos expresamos de manera natural para hacerle saber a los demás qué es lo que deseamos; las personas a nuestro alrededor nos animan cada día a hacer "pequeñas" cosas. Si nos caemos, nos levantamos rápido porque nos sentimos apoyados y animados por quienes nos rodean, pero, con el pasar del tiempo, vamos cambiando. La forma en como nuestros padres fueron criados influye en cómo se nos va programando, de una u otra manera, igual que ellos. Afortunadamente, tenemos la opción de cambiar nuestra forma de pensar o hacer las cosas; tenemos la oportunidad de tomar nuestras propias decisiones y formar un camino diferente al de quienes nos rodean.

Las decisiones que tomamos cada día nos pueden llevar a las experiencias que vivimos, nos gusten o no; como adultos, cada uno es responsable de su propia vida. Dios, en su amor infinito, nos da el libre albedrío y, además, nos permite venir a este mundo acompañados por un ángel guardián, quien solo interviene en nuestras vidas si se lo permitimos. Con esto y un poco más, surge el cuento *Historias de un Ángel*.

# Capítulo I

## Mi primera experiencia en la Tierra

Vengo de otro lugar, un lugar donde todo es tan distinto a la Tierra, pero a su vez está conectado a ella. Aunque todo debería ser parecido: llegué con una maleta cargada de ilusiones, de sueños… creyendo que no se me olvidaría a qué vine.

Al estar en este planeta, mi disco duro se reinició y olvidé que vine a ser feliz; a vivir y aprender a este mundo que te seduce, inspira y hace sentir a gusto, siempre y cuando, te alejes de las reglas y normas sociales, te apartes del inconsciente colectivo. Tú también has sido seducido por este lugar llamado Tierra.

Ahora, empiezo a recordar aquella ocasión en la que fui enviado a una misión muy importante: la de estar a tu lado, la de cuidarte. Siendo tú tan amado por Dios, puso en ti el libre albedrío; pero sabiendo que necesitarías a alguien que te acompañara en los diferentes momentos de tu vida, pensó en enviarte una compañía, alguien que te cuidara y protegiera.

Yo, mientras tanto, cantaba en el cielo y me fue difícil dejar aquel lugar tan hermoso, tan suave, tan ligero… tan perfecto como todo lo que ha sido creado por Dios. Ese lugar tan lleno de luz, de colores, de alegría, de una paz inmensa, es tan hermoso porque está lleno de amor y de magia; en él no existe el dolor ni el sufrimiento. Todo lo que existe en el cielo es indescriptible aquí en la Tierra.

En una especie de bola mágica, me mostraron ese nuevo mundo y el trabajo que debía realizar. Me quedaría a tu lado al momento de tu llegada a la Tierra, para cuidarte, protegerte y consolarte; así comenzó mi vida a tu lado. Te conozco desde el vientre de tu madre y, cuando naciste, me asombré porque jamás había visto nada igual: eras la perfección de Dios hecha realidad. No eras sólo ese conjunto de carne y huesos que gritaba y lloraba; eras más que eso: luz, color, belleza pura. La belleza se expresaba a través de tus risas y llanto, en ellos podía sentir la vida con mucha profundidad. En espíritu, empezabas a reconocer tu templo sagrado —tu cuerpo— mientras balbuceabas, mirabas tus manos con gran asombro, tocabas tus pies, sonreías ante los gestos que hacían los mayores y que, a tu parecer, eran chistosos. También cuando palpabas con tus manos todo lo que con ellas podías tocar; explorabas con tu mirada y no callabas si sentías hambre, frío, sed, sueño, cansancio o malestar. Todos los que vivían contigo, o cerca de ti, se enteraban de que algo ocurría contigo porque llorabas y gritabas a todo pulmón.

Cuando te vi, comencé a entender que eso que llaman "vida" en la Tierra era muy distinto a lo que yo creía. Mis hermanos me habían contado maravillas por las que me decidí venir a la Tierra, a dar mi servicio para ti. Él te ama tanto que por eso te manda siempre compañía y protección aunque, debes saber algo, yo no puedo intervenir en tu vida si tú no pides ayuda. Por tu libertad para obrar, tú eres quien decide si debo intervenir en tu vida o no. Ahora, estoy aquí acompañándote y esperando a tu llamado. En algunas ocasiones, solía hablarte suavemente para ver si me escuchabas y pedías mi intervención, sobre todo, en tus días difíciles. Quería hacerte ver que las cosas pueden tornarse más fáciles y, además, mostrarte el camino y las enseñanzas. No, no es tu imaginación: a veces te hablo a través de tus pensamientos, o te doy respuestas a través de canciones o anuncios.

Cuando apenas eras un bebé, me mirabas, balbuceabas y reías. Todos pensaban que estabas charlando con ellos aunque tú ni los mirabas; era conmigo con quien realmente hablabas. Cuando llorabas, yo sabía muy bien lo que necesitabas; por su parte, tus padres corrían a ver qué querías, pero a pesar de intentar entenderte, no era tan fácil para ellos saberlo. Te daban tus alimentos, te mostraban tus juguetes, te hacían caras para que sonrieras… hasta que al fin lo lograban: ¡ya no más llanto! Entonces, iniciabas una nueva charla conmigo.

Seguiste creciendo y yo estaba a tu lado, protegiéndote tal como me lo habían encomendado. En su gran amor infinito, él, que todo lo puede, no sólo te mandó protección, sino además te dio una gran intuición, una vocecita que todos los días te guía; a la que escuchabas especialmente cuando ibas al kínder porque, en ese momento, todavía creías en sueños y realidades hermosas...

Ahora puedo ver las imágenes en mi mente y tú las puedes mirar también cuando juegas, por ejemplo, a ser grande porque quieres ser como tu padre. En tus juegos te diviertes siendo maestro, albañil, periodista, campesino… en fin, imitas las profesiones que te gustan o llaman la atención. Ahora, solo tienes ocho años y vas a la escuela primaria; a esta edad aún te gusta hablar conmigo.

Hoy te espero como siempre para conversar. Soy aquel a quienes muchos llaman "amigo imaginario".

Cuando alguna de las personas mayores se da cuenta de que "hablas a solas", pero, en efecto, soy yo quien está ahí. Incluso, ellos mismos te han enseñado a orarme para que yo te proteja. Las personas mayores piensan que soy dos personajes distintos: tu amigo imaginario o aquel que te protege y a quien debes orar todas las noches. Sin embargo, tú y yo sabemos que soy uno solo. Sabes, me encanta estar contigo porque nos divertimos y yo te amo sin condiciones.

Han pasado los años y, en estos últimos días, he notado que te estás alejando de mí conforme transcurre el tiempo. Tienes otras prioridades, ya no hablas conmigo tal y como solíamos hacerlo. Aún sigo atento, esperando escuchar tus conversaciones interminables; por cierto, me he dado cuenta que te empiezan a gustar más otras cosas que tener una charla sencilla conmigo. También he notado que ya no me puedes ver y que estás dejando de creer en mí aunque yo sigo esperando con emoción a que me hables para que juguemos. Tú ya no me hablas, pero nunca me cansaré de esperar, pues me une a ti un amor muy profundo y especial.

Siguen pasando los días y los años: miro cómo te has convertido en todo un adulto y has iniciado tus estudios profesionales También miro tu forma de vestir, tan distinta a cuando eras niño;

recuerdo cuando usabas pantalones cortos y tus playeras de algodón, incluso, aquellos hermosos cabellos castaños y chinos, así como esas mejillas rozagantes a veces llenas de lodo, chocolate, comida o hasta colores. Te miro nuevamente y me doy cuenta que ahora ni siquiera me recuerdas; ya no me ves ni me escuchas. Tu familia te ha hecho creer que tu "amigo imaginario" no existe, que eso eran cosas de niño; es decir, se trataba de alguien que tu mente había inventado para así tener un cómplice y amigo de juegos y conversaciones, de esta manera, no te aburrirías. Ahora, te quedas pensando… en efecto, todos los niños tienen un amigo que han inventado en sus mentes para que les ayude a sobrellevar sus momentos de aburrimiento y soledad.

Sigues jugando en el juego de la vida, pero ahora sin buscarme, sin verme ni escucharme. Hoy prefieres escuchar a los adultos y a la sociedad que se olvida de la inocencia. La cotidianidad ha sumergido a los adultos en una especie de hipnosis, donde la prisa no les deja sentarse ni por lo menos un momento para meditar, estar con ellos mismos o disfrutar cada paso en su vida. En sus mentes hay preocupación, ansiedad y cansancio; no entienden que todo es un paso a la vez y que lo importante en la vida es disfrutar cada paso y cada momento. Se trata de sentir la vida misma en la piel, a veces, como una dulce y tierna brisa que nos perfuma el alma; y otras como una tormenta que nos deja enseñanzas, muchas veces llamadas problemas o sufrimiento. Solo aquellos que en medio de la tempestad son capaces de ver la enseñanza y de fluir con ella, pronto logran superar las adversidades. Veo que ahora tú sigues esas normas, reglas y programaciones de la sociedad, las cuales han pasado de generación en generación; todo ello hace que te alejes cada día más de mí.

En este momento de tu vida, sería un insulto a tu intelecto decir que crees en mí, tal vez se burlarían de ti. Es más fácil aceptar lo que otros dicen, incluso, es más fácil complacer a la sociedad. Seguramente, hacerlo te evitara muchas burlas, pero sobre todo muchos problemas. Es por la sociedad que te estás alejando de tu esencia, pasión y amor; en tu esencia hay cuestiones que para la sociedad son incorrectas. Piensas que, por su experiencia, tu familia sabe lo que es mejor para ti; querido joven, tu alma sabe lo que realmente te hace feliz y te llena de entusiasmo, alegría y buen humor. Cuando enfocas toda tu vida en hacer lo que tu alma no ha elegido, la sonrisa se borra poco a poco y terminas por amargarte. Este es el mensaje que intento entregarte cada día para que tu vida sea realmente esplendorosa, divertida y sana; pero al final eres tú, mi amado, quien decide hacia dónde ir. Es tu libertad para decidir, es tu derecho divino. Sea cual sea la decisión que tomes, yo la respetaré. Quizás, algunas veces, tendré que ver que la causa de tus decisiones te hace pedazos, pero si tú, querido mío, no me permites ayudarte, nada podré hacer, ya que es tu derecho divino y libre albedrío.

Durante estos últimos años, he seguido tus viajes, sueños, fiestas, alegrías y tristezas. Esas tristezas y emociones intensas propias de tu edad; a veces sintiéndote sólo, lleno de rabia o de desesperación; algunas otras ocasiones, sintiéndote alegre, emocionado o inmensamente feliz. Hay situaciones que en verdad te duelen: te has sentido engañado, lastimado por amigos, familia y hasta parejas. Eso te ha hecho desconfiar y, por momentos, te cuesta enamorarte porque tienes miedo a ser rechazado y lastimado; sin embargo, lo vuelves a intentar, ya que sabes que amar es maravilloso, te hace feliz y te llena de grandes satisfacciones. El amor es el motor que mueve las vidas porque las hace más felices, sanas, alegres y llenas de luz. Compartir con alguien tu vida y acompañarse en diferentes momentos, significa ser cómplices, apoyo y amigos para iniciar una historia basada en las decisiones tomadas por ambos cada día. Por ello, a pesar de que algunas veces te ha dolido el amor, vuelves a su búsqueda; piensas que un día tus sueños de amor se cumplirán.

Han pasado los años y, con ello, has cambiado aún más. Tus responsabilidades son diferentes, pero también mayores; ahora, el trabajo te absorbe en gran medida, a tal grado que comes poco y, a veces, duermes unas cuantas horas. Piensas mucho, te la pasas queriendo resolver los problemas que tienes en la oficina; ya no tienes tiempo para divertirte; le das muy poco valor a estar solo contigo mismo y con las personas que amas. ¡Y qué decir de tu salud! Vives como si fueras una máquina de resolver problemas para acumular bienes, los cuales ni tiempo tienes de disfrutar. Mientras tanto el templo sagrado de tu espíritu —tu cuerpo— se está desgastando y, entre más pasa el tiempo, te cobra factura. Aunque tú no lo digas para no preocupar a tu familia, cada día que pasa tu cuerpo se siente más cansado, con dolores por todos lados; el cansancio y los dolores que sientes están llegando a su límite. Has dejado de escucharme, pero aún sigo esperando que me hables, que me indiques si puedo ayudarte. Sin embargo, me mantienes en el olvido, en lo más escondido de tus recuerdos.

Hoy sentiste el dolor más grande, uno que nunca habías sentido. Al fin te llevan al doctor y no precisamente porque así lo hayas decidido, sino porque ya no pudiste sostenerte más en pie: has caído inconsciente. Ahora te encuentras en un hospital, con una serie de aparatos, sin hablar ni abrir los ojos. Tus familiares sufren al verte así y, además, se lamentan por la vida de exceso de trabajo que has tenido.

—"Vivía para el trabajo y no comía bien"… "Le hacían falta vacaciones, disfrutar de la naturaleza y de cada una de las cosas que con su trabajo adquirió"… "Se hacia el fuerte y nunca se lamentaba, quién iba a imaginar el estado crítico de su salud" —se lamentaban tus familiares y amigos con lágrimas en los ojos.

De repente, un doctor se acercó a tu familia y dirigiéndose a tu madre les dio la noticia: "lo lamento mucho, su hijo acaba de fallecer". Tu madre no lo podía creer; sufrió a causa de tu deceso al igual que otros familiares y amigos. Entre lágrimas y lamentos, comentaban entre ellos lo noble y buena persona que eras, así como lo mucho que trabajaste y lo poco que viviste la vida; también hablaban de los sueños que no cumpliste, las salidas, las comidas y los viajes que quedaron pendientes para compartir con ellos. En especial, tu sueño de formar una bella familia se apagó junto con todo aquello que pensabas de ella y el amor. Todos esos proyectos ya no los podrás realizar, no por lo menos en esta vida que hoy se apagó en la Tierra, pero que a su vez se está encendiendo en el cielo.

Hoy que has dejado de existir en la Tierra, debo regresar a casa mientras tú debes seguir tu camino en otro lugar, en donde seguramente aprenderás cosas nuevas. Ha sido un verdadero honor estar a tu lado durante el tiempo que estuviste en la

Tierra aprendiendo. Ojalá hubieras disfrutado más de la vida y preocupado menos; ojalá me hubieras dejado actuar para que sintieras menor peso en tus hombros, para que juntos hubiéramos encontrado soluciones a lo que te causaba conflicto. Si hubieras dejado fluir la vida, te habrías dado cuenta que era más bella y sencilla de lo que imaginaste. Aun teniendo situaciones difíciles y de aprendizaje, si fluías con ella podrías haber visto las cosas de otra manera y encontrar soluciones a lo que te quitaba el sueño, te enfermaba y hacía que vivieras lleno de dolores y angustias. Ahora solo me queda agradecer el que me hayas permitido estar a tu lado durante tu paso por la Tierra. Gracias porque te acompañé en esta vida que ya has vivido y lo hiciste —consciente o no— como mejor te pareció. Si fluiste o no, viviste según tus decisiones, acomodaste las piezas de tu vida de acuerdo a tu parecer; algunas veces te sentiste feliz con tales movimientos, otras veces, tus decisiones te llevaron a lo que tu llamabas "fracasos". Les decías así porque no obtenías los resultados que tu esperabas, pero realmente te dieron enseñanzas. Esos "fracasos" en algunas ocasiones te hicieron sentir que la vida se te caía a pedazos; no imaginaste que juntos pudimos haber jugado algo menos denso e inclusive haber encontrado la enseñanza…

# Capítulo II

## Contando mi nueva aventura

Estoy nuevamente en casa, ¡qué felicidad! Con mis hermanos y amigos, una vez más, estamos en este lugar bello y mágico llamado cielo. Un lugar de mucha luz y mucho encanto, donde todo florece y es belleza pura. Realmente me siento feliz porque hay tanta calidez y amor aquí… Hoy me han mandado a buscar para asignarme de nuevo una misión en la Tierra; una niña está a punto de nacer y me toca ser su guardián. Estoy feliz de regresar otra vez y de servir con amor incondicional; es un trabajo que me gusta mucho aunque, a decir verdad, los humanos se olvidan de mí conforme van creciendo. Poco a poco se olvidan de jugar conmigo o de platicarme como a cualquier amigo; no me piden ayuda, pero yo siempre estoy ahí esperando escuchar sus largas o cortas charlas, sus peticiones, para que juntos enfrentemos esas situaciones humanas que le causan conflictos y, de esta manera, hacerlas un poco más sencillas. De todas formas, siempre espero con paciencia y amor.

Ahora te estoy cuidando desde el vientre de tu madre. Apenas eres una hermosa semilla que viajó desde el cuerpo de tu padre y se plantó en el cuerpo de tu madre. Aquí estaré desde ahora hasta que debas regresar de nuevo a casa...

Ha llegado el momento tan esperado por ti y tu familia. Entre gritos y lágrimas se encuentra tu madre, cuando de repente tu llanto se comienza a escuchar por toda la casa; eres tomada entre los brazos cálidos de una tierna anciana, la cual te ha ayudado a regresar a este mundo. Tu madre y padre lloran de felicidad; al fin han logrado su tan anhelado sueño de ser padres y, desde ahora, te has convertido en la niña de sus ojos. También eres la razón por la cual trabajan, quieren darte lo que ellos consideran es mejor para ti. Te has convertido en la gran alegría de la familia, pero también en la causa de desvelo de papá y mamá. Cuando enfermas, verdaderamente se ocupan más de ti y, muchas veces, se olvidan de ellos mismos.

Como en otras ocasiones ha ocurrido, tu balbuceas para entablar conversaciones conmigo. Tus padres piensan que juegas sola y que miras hacia la pared o hacia los objetos que hay a tu alrededor, pero no se dan cuenta de que yo estoy contigo. Por las noches te dejan en una cuna, decorada con mucho cariño por tu madre y tus tías; le han colocado sábanas y pabellones de color rosa pastel, y en la parte de arriba algunos juguetes. Duermes profundamente mientras tu madre siempre está pendiente de ti; no se imagina que yo estoy a tu lado cuidándote todo el tiempo. En las mañanas cuando lloras, hacen mover los juguetitos que están en la cuna para distraerte; piensan que es lo que te ayuda a dejar de llorar. Además, a veces piensan que platicas con ellos, pero ¿qué crees? Exacto soy yo el que hace posible todo eso.

Me encanta verte sonreír, eres un ser tan hermoso y lleno de vida; una vida nueva, un cuerpecito nuevo que parece frágil para los adultos que están a tu alrededor. Te encanta jugar con tus manos y pies; disfrutas cada parte de tu cuerpo flexible y hermoso, que además está muy bien cuidado por tus padres. De hecho, ellos procuran para ti las mejores cosas: fragancias, ropa, alimentos, juguetes, dormitorio, entre muchas cosas más. Es hermoso y puro el amor que te tienen, mientras tú con tan solo tu existencia y sonreírles, les haces la vida más feliz. Eres su mayor orgullo y tesoro, pero todo en la vida cambia a través de lo que llaman tiempo en este mundo. Entonces, cada día tú también te vas transformando y tu cuerpecito va creciendo cada vez más, por lo que tu madre dice:

—Hay que comprar nuevamente ropa y zapatos, amor, ya la bebé no cabe en las prendas que tiene

—nuevamente, van a los almacenes y zapaterías a buscar vestimenta para la niña que tanto aman. ¡Ah!, pero no solo eso, también procuran buenos alimentos para ti.

Hoy estás cumpliendo un año y has aprendido a hablar de una forma no muy clara aún, pero yo como siempre, te entiendo. Tus padres apenas están aprendiendo a entender lo que dices en tu propio lenguaje —yo siempre entiendo el lenguaje de los niños y todos los idiomas—. Te han preparado una fiesta a la cual han invitado a tus primos y vecinos; te han comprado un vestido color rosa de satín y tul, con aplicaciones de perlas y un lazo enorme en la parte de atrás. Realmente te ves más hermosa de lo normal; corres y tomas los costados de tu vestido con tus manitas pequeñas y delicadas; entras al jardín y miras con gran sorpresa y alegría la decoración del lugar, el pastel y todo lo que hay para celebrarte. Corres hacia donde están tus padres y, entre carcajadas y sonrisas, los abrazas. Entonces, tu padre te toma entre sus brazos, mientras tu madre se dirige al portón de la casa para recibir a los invitados.

Comienzan a entrar los adultos con sus niños de diferentes edades, incluyendo la tuya; bajas feliz de los brazos de tu padre para salir a recibirlos y jugar con ellos. Todo eso que te ha puesto feliz hoy, me llena de alegría; solo miro cómo das vueltas, juegas, ríes, caes, lloras, te sacudes y te levantas para continuar jugando y disfrutando de toda esa celebración que han realizado en tu honor. Por un momento, te has olvidado de mí, pero no importa porque estás siendo feliz y, por ende, vibrando muy alto. Los invitados te abrazan y te entregan regalos; admiran lo hermosa que te ves con todo lo que te ha puesto tu mamá; disfrutan de un delicioso almuerzo, acompañado también de dulces, juegos, payasos y piñatas.

Llega la hora del pastel, ese pan delicioso cubierto de merengue color blanco y con decoraciones rosas, relleno de leches y frutas. Los invitados cantan las mañanitas mientras tu madre enciende una vela, la cual te piden que apagues; claro, no sin antes concentrarte en un deseo que dirás solo en tus pensamientos. Todos te aplauden mientras tu ríes con esa mirada tierna y pícara a la vez; te sientes tan consentida y amada, pues te han dicho lo hermosa que te ves. Te han cantado, abrazado y llenado de regalos, inclusive, has jugado con muchos niños y se han divertido mucho juntos.

Se ha terminado la celebración y toca despedir a los invitados. Estás cansada y pronto te has quedado dormida en los brazos de papá; él te coloca en la cuna mientras tu madre despide a los invitados y recoge un poco la casa —antes de ir contigo para ver si necesitas algo y así irse a dormir—. Tu madre entra a la habitación, te observa durmiendo y, entonces, se dirige al baño a tomar una ducha con agua tibia. El día realmente ha sido pesado para ella, pero a pesar de eso, le satisface saber que te has sentido feliz y que ahora duermes plácidamente. Ella está un poco adolorida del cuerpo mientras que tu padre se ha quedado dormido sin darse cuenta, profundamente dormido al igual que tú. Mientras tanto yo velo tus sueños y aprovecho para entrar a ellos y llevarte a lugares hermosos y divertidos. Además, hago que me veas como sueles hacerlo cuando estás despierta, justo ahora que aún eres pequeña.

Entro en tus sueños y, una vez en ellos, te subes en un águila y vuelas sobre la ciudad; después entras en un mundo de fantasía, donde te acompaño para disfrutar juntos de sus maravillas. Es un mundo lleno de magia, luz, belleza, en donde todo es posible; subimos a la cima de una montaña de colores brillantes: azul, amarillo, rosa, blanco, verde, rojo, morado, entre otros. Asimismo, vuelan a nuestro alrededor mariposas y todo tipo de aves coloridas y llenas de mucha luz; en este lugar, las nubes se pueden tocar con las manos y en nuestro camino hay infinidad de piedras preciosas.

También hay partes del lugar que parecen una alfombra suave y fresca, donde te puedes acostar no solo para descansar, sino además para mirar las estrellas; te acuestas y empiezas a jugar con las ardillas de colores que están a tu alrededor, pero de repente miras a las estrellas y te das cuenta que de ellas se desprenden una especie de escaleras brillantes en color dorado. Eso llama mucho tu atención, entonces, te dispones a ir hacia ellas mientras yo te acompaño; subimos a la estrella más bonita y brillante que encontramos —aunque en realidad todas son muy hermosas—. Exploras el lugar que está lleno de magia, luz y poder.

Las ardillas de colores se vuelven energías que toman diferentes formas y colores; te rodean, cantan y bailan, todo parece mágico. Te colocan una corona, una capa y te dan un cetro mágico con el cual puedes cambiar las cosas a tu voluntad, incluso, te puedes transformar en lo que desees. Lindas y suaves plumas empiezan a caer sobre tu cuerpo para acariciarlo, ríes mucho por ello; de pronto, una luz muy fuerte termina con toda esa magia y lloras porque quieres seguir dentro de aquel mundo. De repente, te ves nuevamente en tu realidad y lloras porque has despertado; tienes hambre, bueno, es lo que suponen tus padres, pero en realidad es porque deseabas seguir jugando en aquel lugar.

Hoy que te observo como siempre, tan peque-
ñita, alegre, llena de vida, luz y amor, tan tú sin
saber ni importarte lo que otros digan o piensen,
veo que eres realmente feliz. Ojalá sigas así de
feliz en las siguientes etapas de tu vida. Te acercas
al jardín para buscarme y conversar —aunque
más bien diría jugar porque eres tan pequeña aún
que te interesa más jugar que conversar—. En
tu lenguaje, difícil de entender para los adultos,
me cuentas a detalle todo lo que viviste en ese
sueño mágico del cual no querías despertar; luego
jugamos, bailamos, saltamos y corremos hasta
que te cansas y te quedas dormida, después de
todo una siesta te hará bien.

Ha pasado el tiempo, es hora de que vayas al
kínder, en donde seguramente te acompañaré;
estaré apoyándote y mirándote, pero sobre todo
cuidándote. Y cuando regreses a casa, me haré
visible a tus ojos para que platiquemos de lo que
tú desees, yo escucharé atento y te abrazaré el alma.

Al llegar a casa, dejas caer la mochila sobre
el sofá, pero tu madre te pide que la lleves a tu
cuarto; ella te acompaña para cambiarte la ropa
y, posteriormente, bajan a disfrutar del delicioso
almuerzo que ha preparado para la familia. Tú preguntas por tu padre, a lo que tu madre responde
que aún no ha llegado, pues aún es horario de
trabajo y, a partir de ahí, empiezan las preguntas

interminables que diario le haces; ella tiene que darlas por terminadas y te pide que subas a jugar a tu cuarto, después recoge la mesa y termina de hacer algunas actividades para luego ir contigo y revisar tus actividades diarias. Aprovechas el momento a solas para charlar y jugar conmigo; de repente, te has quedado dormida y mamá entra para acomodar tu cuerpecito y puedas descansar en la siesta. Sueñas y juegas en ese pequeño descanso y al mismo tiempo recuperas energías para cuando despiertes…

Eres una niña fantástica y, aunque han pasado los años —ahora cursas cuarto de primaria—, no solo me sigues orando, además, charlamos en las noches y en algunos momentos que tienes libres. Por tu edad, ya no deben verte tus padres charlando conmigo porque si lo hacen podrían pensar que no está bien que lo hagas; incluso, que tal vez deben llevarte con algún psiquiatra. Por ello, tratas de hablarme a escondidas, me cuentas como ha sido tu día: qué has hecho, qué te ha hecho sonreír o qué te ha puesto triste. En las noches, al orarme, me pides que entre en tus sueños como cuando eras más pequeña, porque deseas volver a vivir esos momentos mágicos, pero, sobre todo, quieres mi compañía para conversar libremente conmigo.

En tus sueños, recorremos inmensos jardines, lleno de flores coloridas, un lago con hermosos y coloridos cisnes, muchas mariposas y aves volando a nuestro alrededor, animales maravillosos caminando, comiendo y jugando. En medio de toda esa belleza, ahí, frente al lago transparente —dentro del cual también se pueden observar peces de colores—, me cuentas tus más grandes sueños: te gusta dibujar, amas bailar y cantar, sientes la vida enormemente cuando haces ese tipo de cosas. Todas estas actividades te hacen sentir más viva, feliz, sana; los sentimientos más bellos y profundos surgen de lo más profundo de tu ser y así lo expresas hacia afuera —al hablar de todo esto, se dibuja en tus labios una gran sonrisa y se nota en tus ojos también; además, empiezan a surgir bellas formas con colores brillantes e indescriptibles de tus pensamientos—. Yo te observo tan radiante y sincera, con una gran luz que surge de ti e ilumina todo el parque.

De repente, un ruido ensordecedor en tus sueños hace que despiertes; abres los ojos, te sientas en la cama con los cabellos totalmente alborotados y frunciendo los labios; te das cuenta de que el ruido que te ha despertado de ese bello sueño del cual no querías despertar, proviene de ese aparato que se ha convertido en tu pesadilla desde que entraste a la primaria y el cual desearías ya no escuchar en las mañanas. Bostezando, colocas tus pies en las sandalias para dirigirte al baño y ducharte mientras tu madre te grita para asegurarse de que has despertado.

En la cocina, se encuentra tu mamá preparando el desayuno, pues desea que estés bien alimentada para que los números y las letras entren muy bien en tu cabeza; que puedas aprender lo básico para que sigas adelante con tus estudios y, en los próximos años, te conviertas en una gran profesionista. Al respecto, tus padres han decidido que la mejor carrera universitaria para ti será la de medicina; la mayor parte de tu familia paterna se ha dedicado a esta profesión durante varias generaciones y de manera exitosa. Según ellos, con la medicina tienes un buen futuro asegurado.

Tú no sabes nada de lo que tus padres han planeado para ti; tan solo sueñas con ser una gran bailarina o cantante, o simplemente quieres dibujar. Desconoces que nada de eso está en la lista de lo que tus padres creen que es mejor para ti; por el contrario, pensarían que sería la forma más segura de que no consiguieras nada en la vida —como si ellos estuvieran en tu mente y supieran cuáles son tus sueños y metas a futuro—. Al terminar de ponerte el uniforme, te diriges al comedor y te sientas, no sin antes colocar tu mochila sobre el mueble y, entonces, con toda la alegría de una niña feliz y sana, te dispones a disfrutar de ese desayuno delicioso que tu madre ha preparado para ti —en verdad amas y disfrutas la buena sazón de tu madre—. Terminas el desayuno y, junto a tu padre, te levantas de la mesa para subir al transporte escolar que en unos minutos se asomará por tu calle.

Llegas a la escuela y te dispones a escuchar con atención la clase. Has sido siempre una buena alumna, pero ahora sientes que algo te inquieta y, de repente, comienzas a recordar el sueño de la noche anterior. Tomas tu cuaderno de dibujo y tus lápices de colores para dibujar el sueño; gracias a ello, recuerdas qué es lo que deseas hacer cuando seas grande: empiezas a dibujar bailarinas y una chica cantando en tu cuaderno. En ese momento, has olvidado en dónde estás, pero te sientes en paz y feliz; tu alma vibra de alegría, parece que todo a tu alrededor se ha enmudecido. No escuchas más que el ruido de tu alma, que te grita al oído cuáles son tus más grandes anhelos.

De repente, sientes que algo salta por tus hombros: una pequeña hoja de papel hecha bolita te hizo regresar a la realidad; la extiendes y lees una nota que dice: "Despierta, la maestra puede darse cuenta de que aún duermes". Entonces, miras al frentes e intentas poner atención nuevamente, sin embargo, más tardas en intentarlo que tu mente en regresar a soñar despierta con los deseos de tu alma. Ahí es cuando la maestra se percata de tu distracción y decide hacerte una pregunta, pero como nunca antes, no tienes idea de qué contestar. Así continúas toda la semana, por lo que tu maestra te lleva a la Dirección y te pregunta qué ocurre; además, le han hablado a tus padres para saber qué es lo que está pasando con tan excelente alumna.

Estando en la Dirección, te encuentras con la directora y la maestra, quienes inmediatamente te cuestionan: "¿cómo te has sentido estos últimos días?". Bajas un poco la mirada y la levantas de nuevo con una sonrisa y un brillo hermoso en los ojos, y les contestas que te has sentido mejor que nunca porque has estado haciendo lo que te gusta mucho —yo, mientras tanto, en mi mundo invisible para los adultos, me siento tan orgulloso de ti—.

—Entonces, explícanos a qué se debe tu distracción en clases durante estas dos últimas semanas —te dice la maestra.

Para evitar que te regañen y expulsen, simplemente, encojes los hombros... en ese preciso momento, entran tus padres y se sorprenden al verte en ese lugar; un montón de cosas pasan por la mente de tu madre. La directora le pide a tus padres que tomen asiento y empiezan otra vez las preguntas. Después de escuchar nuevamente tus respuestas, te piden que salgas de la dirección porque quieren hablar con tus padres. Ellos están nerviosos y no imaginan que podría haber pasado, pues nunca había ocurrido algo similar, por el contrario, siempre recibían felicitaciones por tu buen comportamiento y por la excelente estudiante que eres.

—Hemos notado a María muy distraída en los últimos días —inicia el diálogo la directora— ¿Han notado algo raro en ella? —pregunta mientras tus padres se miran uno al otro.

Algo nerviosa, tu madre contesta que eres la misma niña de siempre, que cumples con todas las tareas encomendadas en casa y que eres muy obediente.

—Pues bien —comenta la directora—, les hemos hecho venir porque María ha estado ausente en clases; es decir, aunque físicamente está en el aula, su pensamiento y atención no están en la clase. Siempre, o está mirando hacia otro lado, o está haciendo en la libreta cosas diferentes a lo que la profesora está explicando. En el momento en que se le hace alguna pregunta sobre la clase, la niña simplemente no sabe qué responder, ni siquiera sabe de qué ha hablado la maestra. Y miren ustedes —dice la directora mostrando la libreta de María—, tiene muchos dibujos de bailarinas y cantantes: eso es lo que ha estado haciendo en clases durante estas dos últimas semanas. Hace un momento —continúa hablando la directora—, le preguntamos cómo se ha sentido en estos últimos días. Y ella, con una sonrisa en los labios, contestó que se sentía mejor que nunca, que había estado haciendo cosas que le gustan. Le pedimos la libreta y vemos estos dibujos e imaginamos que esos dibujos la tienen tan entusiasmada… ¿Ustedes sabían algo de esto?

—No —responde tu madre—, no me había percatado de estos dibujos; yo la veía sentada haciendo la tarea y, como siempre ha sido muy responsable, pensé que estaba haciendo cosas de la escuela, tal como lo hace normalmente sin que tenga que pedírselo.

—Pues sugiero que hablen con ella, ya que de seguir así, tomaremos otras medidas —dice con voz firme la directora—. Por ahora, si desean ahondar un poco más en el tema, pueden hablar con la maestra y, sobre todo, hablen con ella porque la necesitamos aquí en clases, no en su mundo imaginario.

—Muchas gracias, señora directora. Hoy mismo hablamos con ella —le dice tu padre con toda seguridad y firmeza.

—Así lo espero, señor. Ahora, si me permiten, debo seguir con mis actividades

—despide la directora a tus padres.

Tus padres se dirigen al portón de la escuela y, sin preguntar nada más, se despiden de tu maestra; mientras desde tu salón continúas dibujando en el cuaderno de matemáticas. Ha llegado la hora de salir al recreo; la maestra les dice que pueden salir, pero que en media hora deben regresar de manera puntual, ni un minuto antes ni un minuto después. Tú pareces no escucharla porque sigues dibujando en el cuaderno de matemáticas, entonces, la maestra se acerca a ti, toma tu cuaderno y se da cuenta de que has estado dibujando desde que saliste de la Dirección. Te pide que salgas del salón con tus compañeros porque la próxima vez te dejará sin recreo y hablará con tus padres, incluso, te suspenderán de las clases por varios días. Lentamente, tomas el lonche que te preparó tu madre y, de la misma manera, te diriges a la puerta del salón de clases...

Te sientas en el jardín de flores hermosas de diferentes tipos y colores que hay en la escuela, y comienzas a observar con detalle aquel hermoso lugar mientras desayunas lentamente. Admiras la belleza de los árboles, las flores y las plantas que hay a tu alrededor; miras cómo el viento deja caer las hojas sobre los niños mientras corren y juegan, quienes no sienten las hojas deslizarse sobre sus cuerpos ni al viento acariciarles. Por el contrario, tú sientes con tanta intensidad y, por ello, no solamente serías capaz de dibujar la escena, sino además escribirías los más bellos poemas. Tú dibujas en tu mente cada escena para, más tarde en tu casa, recordarla y plasmarla en tu cuaderno de dibujos. Para ti dibujar se ha convertido en algo tan especial y bello; es como si el tiempo se detuviera, no lo ves pasar y cuando te percatas han pasado muchas horas.

Ha llegado la hora de regresar al salón de clases y tu lonche está aún a la mitad, pero decides volver a clases rápidamente; has recordado lo que la maestra ha dicho justo antes de salir al recreo. Regresas a tiempo y, esta vez, te has propuesto escuchar con atención a la maestra y seguir la clase como lo has hecho antes. Cuando ha comenzado la clase, la maestra se dirige muchas veces a tu lugar para cerciorarse de que estás siguiendo lo que explica.

Ha terminado la clase y sales del salón, no sin que antes la maestra te recuerde que debes seguir poniendo atención y debes hacer tus tareas; de lo contrario, mandarán a llamar a tus padres y te suspenderán varios días. Tú solo la miras sin responder y continúas tu camino hacia la puerta; tus amigas se acercan a ti para preguntarte qué ha ocurrido, pues ellas también te han notado ausente. Mientras se dirigen juntas al portón del colegio, les cuentas que te gusta mucho dibujar, bailar, cantar y que cuando estás en clases, te la pasas soñando sobre todo ello; por esta razón, te la pasas dibujando en clases y, en consecuencia, han mandado a llamar a tus padres para contarles dicha situación.

Tus compañeras te miran y se ríen de ti; te dicen que estás loca porque esas cosas solo son para soñar, pero que no te ayudarían mucho en tu vida como adulta; sus padres dicen que para ser exitosa y feliz en la vida deben estudiar mucho, así podrán ser buenas y grandes profesionistas. Solo una de ellas te mira con ternura y se queda callada sin saber qué decir; en su corazón, sabe que es mejor que cada persona haga lo que le hace feliz, preferible a tener que forzarse por cuestiones que no deseamos. Además piensa para sí misma: "aún somos unas niñas y lo mejor es jugar y disfrutar cada instante a pesar de que haya momentos que no nos gustan, como cuando mis padres quieren que haga las tareas justo cuando yo solo quiero divertirme". Te das cuenta de que has llegado al portón y, al mirar hacia el frente, ves que tu madre te está esperando para llevarte a casa.

Camino a casa, tu mamá te va reprendiendo y tú solamente la escuchas. Mas que escuchar los regaños de tu madre, quisieras escuchar esa voz que te pide que vueles alto, que seas tú, que no desistas nunca de tus sueños, pero es casi imposible porque tu madre no deja de hablar.

Al fin llegan a casa y tu madre te pide que te cambies la ropa mientras ella sirve el almuerzo. Una vez que te has cambiado, bajas a comer y, en el almuerzo, es el turno de papá para empezar con regaños —justamente, ese día decidió ausentarse de la oficina para saber qué estaba ocurriendo contigo—. Tú solo escuchas sus voces, pero no pones atención porque ha sido un día muy cansado para tus oídos y para tu alma. Ha terminado la hora del almuerzo e intentas dirigirte a tu cuarto, pero tu madre ha alistado una mesa, cerca de donde ella se encuentra, para que hagas tus actividades escolares a su lado y, de esta forma, pueda tenerte bajo vigilancia. Te pide que bajes tus útiles escolares para que trabajes en tus tareas. Es así como tu madre está al pendiente de lo que haces en tus cuadernos. Además, tu padre te ha castigado sin salir a jugar con tus amigos los fines de semana durante un mes.

Cuando terminas tus tareas, tu madre revisa tus cuadernos y te permite subir a tu recamara; en ese momento, te encuentras en la soledad de tu habitación y empiezas a llorar desconsoladamente. Sientes que el mundo se te viene encima y, a tu corta edad, no entiendes qué hay de malo en soñar, en querer hacer aquello que hace vibrar tu alma de alegría. Mientras tanto, estoy a tu lado intentando consolarte y esperando a que me cuentes qué te ocurre aunque ya lo sé. Quiero que sepas que estoy aquí para escucharte, apoyarte y, por qué no, inspirarte. Sin embargo, en este momento la tristeza te ha segado y no recuerdas que puedes acudir a mí, pero no me importa porque yo seguiré esperándote y acompañándote; a eso he venido a este mundo.

De tanto llorar, tus ojos se han cansado y te quedas dormida; tu alma descansa mientras duermes y vuelves a tener esos sueños en los que realmente eres feliz. Vuelves a ese lugar donde se ilumina tu rostro, en donde el viento y todo el paisaje acarician tu alma; de repente, ves una gran luz que se dirige a ti. Un ser muy alto se sienta a tu lado: ese soy yo, quien te visita en sueños para escucharte hablar sobre tus más grandes y anhelados sueños. Cuando terminas de hablar, te abrazo y fortalezco; te pido que no dejes de soñar porque yo siempre estaré para ayudarte. Solo tienes que hablarme como lo harías con cualquier amigo. Con mucha felicidad y cariño, me abrazas y me das las gracias porque sientes que existe alguien que te escucha, entiende y apoya. Luego platicamos de otras cosas, reímos y jugamos; ha llegado el momento de despertar: aún son las 6 de la tarde, pero tu cara de tristeza se ha ido y tus labios vuelven a sonreír al saber que tu amigo imaginario sigue a tu lado —eso es lo que te ha hecho recordar tu sueño—. Solo tienes que hablarle para que él te escuche, te acompañe y te ayude.

Te tomas la tarde para intentar dibujar de nuevo en tu recámara, pero tu madre se aparece detrás de ti, toma el cuaderno de dibujo y los colores, y te recuerda una vez más que estás castigada; que eres aún muy joven para decidir qué hacer con tu vida y que, durante todo un mes, no podrás utilizar el cuaderno de dibujos, salvo en la escuela cuando la maestra lo indique. Además, ese cuaderno será revisado por ella diariamente.

Los años siguen pasando y los adultos no te han dejado otro camino más que el de obedecer, escuchar la clase y ser una excelente alumna. Con los comentarios de tus compañeras de clases y de tus familiares adultos, de repente, te surge la duda de que, tal vez, ellos tengan la razón: para "sobrevivir" en este mundo debes dedicarte a algo que te haga sentir exitosa, que te dé buenas ganancias económicas y te dé prestigio. Ni siquiera te das cuenta de que todos hablan de "sobrevivir" y nadie te ha dicho que has venido a vivir a este mundo diferentes experiencias y aprendizajes; dentro de las cuales también debes disfrutar cada paso que des en la vida, disfrutar los momentos y vivir presente porque cada instante vivido no regresará.

Yo me siento a escuchar tus dudas y, nuevamente, por la noche me introduzco en tus sueños. Estamos en una escena de paisaje hermoso: en la cima de una montaña adornada por bellas flores de colores, donde casi podemos tocar el cielo y nos rodean numerosos animales de colores brillantes. Entonces, te pregunto:

—¿Qué es para ti el éxito?, ¿acaso el éxito es aquello que la sociedad te dice que es o es algo distinto? ¿Qué es más importante: ser feliz con lo que te gusta hacer o hacer lo que otros dicen que te puede hacer feliz? —Te quedas pensando mientras continúo.— No está mal dedicar tiempo a la escuela para lograr buenas notas y aprender cosas que te serán útiles en la vida; ser responsable en ello es bueno para ti y para tu futuro en la Tierra. No solo debes seguir soñando, sino además debes seguir trabajando para que esos sueños se cumplan. Has llegado con un propósito a la vida; algo que, a través de aquello que tanto disfrutas hacer, le entregarás a las personas y que éstas van a disfrutar tanto que, aunque a veces no te lo digan, te lo van a agradecer. Sobre todo, te vas a sentir muy feliz por lograr tus sueños…

De pronto, escuchas nuevamente la alarma, es hora de despertar porque debes ir a la escuela. Antes, te quedas sentada en tu cama pensando en las preguntas que en sueños te hice; las escribes en una hoja para pensar en ella más tarde.

Regresas a casa. Al terminar tu tarea, buscas la hoja que dejaste escondida debajo del colchón, entonces, te quedas pensando en las tres preguntas que te hice en sueños: ¿qué es para ti el éxito?, ¿acaso el éxito es aquello que la sociedad te dice que es o es algo distinto?, ¿qué es más importante: ser feliz con lo que te gusta hacer o hacer lo que otros dicen que te puede hacer feliz? Ahora siendo una jovencita de secundaria, tomas la hoja y lees las preguntas una y otra vez e intentas darles una respuesta, pero piensas que tal vez en otro sueño conmigo, yo te daré la respuesta. De cualquier forma, guardas la hoja con las preguntas para que, según tú cuando yo responda, anotarás las respuestas debajo de cada una. No imaginas que mi deseo es que busques esas respuestas dentro de ti, porque no hay nadie mejor que tú misma para contestarlas. Duermes en la tarde esperando que yo aparezca en tus sueños, pero durante una semana me ausento de ellos para dejarte resolver esas incógnitas; no entiendes el porqué de mi silencio.

Dos semanas más tarde, vuelvo a introducirme en tus sueños. Esta vez, charlamos a la orilla de una playa hermosa con la luz de la luna iluminándonos, entonces, me preguntas por qué me había tardado justo ahora que necesitabas las respuestas a esas tres preguntas. Te digo:

—No soy yo quien debe responder esas preguntas; eres tú misma quien debe responderlas.

Miras alrededor, sientes y escuchas el mar en tu mente; pasa una especie de película que te muestra a ti misma bailando, cantando y pintando hermosos paisajes; eso te hace sentir muy alegre. Me explicas lo que te está ocurriendo en ese momento y me dices:

—Esto es éxito para mí y no lo que otros me dicen, además, me hace sentir feliz. Pienso que definitivamente es más importante lo que me hace feliz. Cuando llegue el momento de decidir, sabré agradecer los consejos, pero optaré por hacer lo que mi alma desea…

# Capítulo III

## *La decisión de María*

Estás a punto de terminar la escuela preparatoria. Ha llegado el momento de decidir qué carrera quieres estudiar; estás a tan solo unos meses de dejar "la prepa", como también le llaman. Te das cuenta de cómo ha pasado el tiempo; te recuestas en el pasto del jardín de tu casa después de almorzar y de hacer tus tareas; has terminado un poco cansada, pero necesitas pensar un poco en lo que tanto entusiasma a tus compañeros: ir a la universidad y estudiar una carrera, ya sea la que ellos hayan elegido o la que sus padres les hayan "sugerido".

En ese momento, no tienes idea de lo que quieres hacer con tu vida, o más bien, crees no tener idea de qué hacer; piensas que lo que viste en tus sueños sobre las preguntas, que tú misma respondiste hace algunos años, era tan solo eso, un sueño. Pero la realidad es distinta, así te lo ha demostrado el mundo en el cual te mueves. Piensas que tu amigo imaginario era solo algo de la niñez y te dices:

—Qué afortunada fui al verlo en sueños. Ya no debo pensar más y mucho menos hablar de él o pensarán que estoy mal de la cabeza. —Mientras tanto continúo a tu lado esperando como siempre que me pidas apoyo.

Sigues ahí acostada mirando hacia arriba, con el cuerpo relajado, pero con una gran incógnita en la cabeza; piensas una y otra vez, giras tu cuerpo sobre el pasto y, sin quererlo, en pocos minutos te quedas dormida. Por primera vez desde que entraste en la prepa, sueñas conmigo; inconscientemente quieres encontrar al soñar conmigo, las respuestas a muchas de tus preguntas, pero en realidad y, como siempre, la respuesta está en ti, en lo que deseas.

Esperando que sacudas el polvo, que han dejado los años y los adultos, para tapar aquello que anhelas con todo el corazón, llegas al lago donde solías encontrarme en sueños. Ahí me miras como una luz brillante que te llena de paz y amor; corres hacia mí y me abrazas fuertemente, incluso, me pides que te diga qué es lo que necesitas estudiar para, según tú, ser alguien en la vida. Entonces, te respondo:

—Amada niña, ya eres alguien desde que naciste y estás hecha de la esencia del amor; no necesitas hacer nada más para ser alguien. Sin embargo, debes saber que has llegado al mundo con una serie de talentos y virtudes para compartir con los demás. Aquello que solo tú le puedes dar a la humanidad, ya sea a través de bailar, cantar, dibujar, escribir, sanar, hablar… Ese "algo" que te llena el alma, te inspira, te hace sentir feliz y, además, que al compartirlo con otros, hace que se sientan identificados. También es ese servicio que tú les das y, de alguna manera, les sirve y se sienten agradecidos contigo. Aquello que haces con tal facilidad que más que un trabajo, te parece verdaderamente divertido, tanto que no te das cuenta del pasar del tiempo mientras trabajas en ello, lo que tanto disfrutas.

Miras hacia el lago y sientes una gran paz. Mientras yo acaricio tu cabello, sientes que estás a punto de recordar algo y, repentinamente, sientes como si tu cuerpo se cayera… entonces despiertas. Al hacerlo, te das cuenta de que es la tarde del mismo día, que estás acostada sobre el pasto y que tan solo has podido dormir media hora —suficiente para recuperar fuerzas—. Lamentas no haber descubierto lo que en sueños se te iba a revelar; sientes que estabas a punto de encontrar la respuesta a la pregunta que unos días atrás te ha estado dando vueltas en la cabeza. En verdad deseabas saber qué era lo mejor para ti y tu amigo imaginario estaba a punto de revelarlo. Sin embargo, recuerdas que tu amigo imaginario y aquel a quien pides que te cuide son uno mismo; decides hablar esta misma noche con tu ángel guardián, deseas tener la mejor respuesta para ti. Eso dibuja una bella sonrisa en tu rostro: al fin podrás —según tú— decidir con toda claridad.

Te miro sonreír y me da gusto verte así. Espero tranquilamente sentado junto a ti para escuchar esa oración que hace mucho no escucho, esa oración que cuando la pronuncias, te hace sentir tranquila, relajada y como si estuvieras hablando al mejor de tus amigos. Hace tanto que no lo haces, incluso sientes que te es difícil empezar, pero entonces cierras los ojos, te pones la mano en el corazón y, con unas bellas lágrimas de amor y sinceridad, empiezas a orar:

—Amado ángel guardián, sé que hace mucho que no hablamos, pero hoy he decidido hacerlo porque sé que estás aquí para mí, cuidándome y escuchándome. ¿Sabes? A pesar de que dejé de comunicarme contigo y de que algunos dicen que eres el amigo imaginario de los niños, yo te he visto en sueños y creo en ti porque me has brindado tu ayuda cuando la he necesitado; me has llenado de luz y alegría a través de esos sueños que desde hace mucho he tenido contigo. ¿Sabes? El mundo de los adultos a veces me confunde un poco, además, solo soy una adolescente y me he alejado de ti. No entiendo muchas cosas: a veces no sé qué hacer ni siquiera recuerdo cómo orar, pero ahora me presento ante ti, hablando con toda la sencillez, sinceridad y claridad que me sea posible, como si estuviera hablando con un amigo. Ahora recuerdo que en unos de mis sueños, tú me dijiste que te hablara como si se tratase de un amigo y por ello estoy aquí, para que me ayudes, para que me muestres de alguna manera, como lo has hecho otras veces, la respuesta a mi pregunta. En esta ocasión, me gustaría saber: ¿cuál es la profesión más adecuada para mí?

Escucho la pregunta que ya sabía que harías y te abrazo para darte consuelo, para que te sientas más tranquila. Tú lo único que sientes es un poco de calma en tu alma. Entonces, a tu mente empiezan a llegar imágenes de los dibujos que hacías cuando eras niña; recuerdas lo bien que te sentías al hacerlos y lo mucho que te hacían feliz; recuerdas que te gusta dibujar, bailar y cantar. Me das las gracias al ver esas imágenes en tu mente y anotas en una libreta pequeña —que tienes para escribir cosas que quieres recordar— que debes investigar qué carrera puedes estudiar que tengan relación con las actividades que disfrutabas hacer de niña.

A la mañana siguiente despiertas feliz, dispuesta a preguntar a tus profesores e investigar por diferentes medios las posibles opciones a tu disposición para estudiar. Al verte desayunar con una gran sonrisa en el rostro, tu madre se siente feliz porque disfruta mucho verte contenta. Ella te pregunta:

—¿Cuál es el motivo de tu felicidad?

—Ya lo sabrás a su debido momento, mamá. —Respondes a tu madre dejándola con la incógnita.

Llegas a la escuela con una gran sonrisa y te dispones a establecer un tiempo para hablar con un maestro de orientación vocacional; quieres que te ayude a tener idea sobre la o las posibles licenciaturas que existen relacionadas a tu vocación. Antes de eso, te diriges al aula para dar inicio a tu primera clase del día; casi no puedes poner atención de la emoción que te produce el pensar que aquello que tanto disfruta hacer se podría convertir en tu forma de vida.

Ha terminado la primera clase y te propones ir en busca del profesor de orientación vocacional. Sin embargo, al intentar entrar a la sala de maestros, te encuentra con tu profesora de matemáticas y le preguntas por el profesor de orientación vocacional. Ella te responde que justamente hoy ha tenido que salir de emergencia por asuntos en la escuela de su hija.

Regresas al salón de clases con la esperanza de que lo verás al siguiente día y que, mientras eso pasa, buscarás en internet más información. Tal vez ahí te encuentres con la respuesta que necesitas, sin necesidad de más —lo cual te da un gran alivio—. Platicas con tus compañeras, quienes te preguntan si ya has decidido qué carrera estudiar. Dices que aún no, pero que crees tener una idea basada en lo que te gusta hacer. A lo que tu amiga Itzel te pregunta:

—¿Qué es lo que te gusta hacer?

Les cuentas sobre aquellas cosas que haces y te hacen sentir bien. Entonces, tu amiga Daniela te cuestiona con sorpresa:

—¿Qué?, ¿no me digas que tiene que ver con tus dibujos de la primaria? Esos por los cuales te distraías tanto y por los cuales casi te expulsan. María, entiende que eliges una carrera para ser alguien, para ser exitosa, para vivir de ello… no querrás vivir de fantasías, ¿verdad?

Itzel rápidamente le contesta:

—¡Déjala! Es su decisión y, si a ella le gusta, no veo qué tenga de malo. —María escucha sin poder creer lo que Daniela está diciendo.

—Pero, Itzel, no querrás que nuestra amiga se muera de hambre solo por andar fantaseando —añade Daniela—; hay que abrirle los ojos para que no cometa errores.

Miras a tus amigas con tristeza y, sin decir una palaba, levantas la mano derecha en señal de despedida y te retiras sin saber qué hacer, sin saber qué decir. En cambio, yo sé que de eso se trata la vida: de experimentar sin importar qué surja aquello que llaman "errores" o "decisiones erróneas". Pero, ¿cómo te lo explico? A no ser que me pidas que te ayude y que, a través de los sueños, te muestre que la vida es un constante aprendizaje y que "cometer errores" no es más que una decisión, una elección que hiciste en algún momento; la cual quizá no funcionó como tu deseabas, pero que en sí trae una enseñanza y te da experiencia para la vida. Si después atraviesas un camino parecido en tu ruta, entonces, sabrás qué hacer. Tus experiencias te hacen más fuerte cada día y van formando la persona en la que te convertirás en el futuro. Todo eso y más me gustaría explicarte, pero ahora estoy aquí, simplemente, esperando que me pidas intervención para que pueda actuar de alguna manera. De no ser así, me es imposible hacerlo, pero te amo incondicionalmente y te seguiré esperando…

Hoy tu mamá ha pasado por ti a la preparatoria para comprar algunas cosas. Durante el trayecto, intentas hablar con ella con respecto a lo que te gusta hacer, pero ella te dice que lo hablaran bien cuando lleguen a casa, que es algo de lo que también hablará contigo tu padre. Entonces, bajan del coche y empiezan a recorrer el supermercado; tienes una gran sensibilidad al oler y mirar las cosas, disfrutas viendo los colores de las frutas y te encanta olerlas. Tomas una piña, la colocas cerca de tu nariz y experimentas una sensación rara a causa de su olor; te detienes y, ahora mejor que nunca, observas cómo están colocadas las frutas y verduras, así como sus colores.

Sientes cómo se emocionan tus sentidos al ver todo ese escenario. Tratas de mantenerlo en tu mente y piensas en las cosas hermosas que hay en la vida y que te encantaría hacer una pintura de tan agradable vista. Para ti es como si pudieras plasmar lo que sientes y conservarlo en una hermosa pintura; es como retratar los momentos con sus colores y formas para que alguien más pueda mirarlo sin haber estado ahí. También piensas que es como si detuvieras ese instante por mucho tiempo, quizás hasta por muchas generaciones.

Es un momento muy inspirador para ti y, a partir de éste, no tienes dudas de que deseas seguir pintando el resto de tu vida porque es algo que en verdad llena tu alma y la hace vibrar de alegría; te hace sentir como si el mundo fuera mágico y deseas que todas las personas sientan esa magia a través de tus pinturas, de tu danzar, de tus palabras, de tus canciones. El mundo es magia —así lo crees— porque está lleno de colores, olores, sabores, sensaciones... que te hacen sentir realmente viva, que te hacen disfrutar, reír, llorar, cantar y expresar a través de la voz, el cuerpo y todos los sentidos —piensas esto mientras observas con detenimiento a tu alrededor—.

También te das cuenta de que la gente pasa por donde están las frutas y verduras casi de manera automática, esperando, eso sí, encontrarse con los mejores y más frescos alimentos para poder consumirlos posteriormente. Nadie se detiene a observar la belleza que has notado, pues andan de prisa y, seguramente, con muchas situaciones en la cabeza, las cuales, por cierto, no podrán resolver mientras hacen sus compras. Y por todo lo dicho no se permiten vivir el momento, porque siempre están pensando en lo que harán más tarde, en cómo resolverán esto o aquello, que comerán mañana, cómo vestirán en la fiesta, cómo impresionarán a otros, cómo le harán para solventar todos sus gastos, entre mucho más. Es decir, viven en el futuro, pero sin resolver nada porque su persona en el presente está realizando algo distinto a lo que está pensando.

Tu madre te habla y pareces no escucharla, pero te toma del brazo y te pregunta por qué te has detenido tanto tiempo en ese lugar. La miras, sonríes y le dices que estás imaginando tu vida en un futuro. Tu madre te dice que te apures porque deben regresar a casa antes que tu padre llegue, hay que servir la comida; después del almuerzo tendrán una charla importante contigo.

Mientras se dirigen a casa, observas cada cosa que ves en el camino: los árboles, las flores, los animales, las casas, los autos... hasta el mismo cielo es objeto de tu observación. Todo eso te hace sentir inspirada y llena de fantasía, da alegría en tu alma. Han llegado a casa y te das cuenta de que tu papá ha llegado antes; corres a abrazarlo dándole un beso en la mejilla. Tu madre te pide que bajes del coche lo que han comprado porque ella va a servir la comida.

Has terminado de bajar y acomodar las compras, tal como te lo indicó tu madre, es hora de sentarse a almorzar las delicias que preparó tu mamá. Te sientas en el lugar que acostumbras y tratas de sentir el momento tal como lo hiciste en el supermercado. Te dispones a vivir la experiencia de disfrutar los alimentos de una manera más consciente; disfrutas de cada sabor y de cada olor de tus alimentos. Tus padres piensan que estás distraída, así que platican entre ellos...

Al terminar de almorzar, tus padres se dirigen al jardín, no sin antes decirte que los acompañes. Al sentarse todos, tu padre inicia la charla:

—Hija, ha llegado el momento de que hablemos del próximo paso que darás en tu papel de estudiante, ya que debes enfocarte en lo que irá forjando tu futuro. Y es que, como te has dado cuenta, mi padre, mis hermanos, el padre de mi padre y yo, nos hemos dedicado a contribuir en la salud de las personas. Nos esforzamos durante algún tiempo para construir una clínica, a la cual le hemos dado prestigio y buscamos mantener por generaciones. Al ser tú nuestra única hija, he pensado que al igual que algunos de tus primos, podrías hacerme el honor de continuar con esta bella tradición familiar. Te aseguro que es una profesión bella y con mucho futuro; con el tiempo podrás decidir cuál sería la especialidad que elegirías. Hay tanto por hacer e investigar en la medicina, además, puedes ayudar a muchas personas...

Interrumpes a tu padre para decirle que tú ya tienes pensado qué estudiar y que en realidad nada tiene que ver con la medicina ni nada que se le parezca. Le comentas que no deseas ser igual que los demás integrantes de la familia; que le agradeces mucho esa sugerencia, pero que tú sabes que tu vocación es muy distinta a todo lo que te está diciendo; que, al ser así, no podrías ser una buena doctora.

—A mí lo que me gusta es pintar, bailar, cantar… yo me identifico más con las artes. Lo mío tiene que ver más con el alma que con el cuerpo —les dices a tus padres.

Ni tu madre ni tu padre se esperaban eso; te dicen que no tendrás un buen futuro si te dedicas a las artes, que debes reconsiderarlo si no quieres terminar en la calle. Además, tus padres no están dispuestos a pagarte una carrera que, a su parecer, no vale la pena. Tus padres se levantan y entran a la casa; te quedas sentada en el jardín mirando al cielo, con lágrimas en los ojos y el corazón entristecido, sin poder entender qué hay de malo en hacer lo que te gusta.

Tu alma y tus ojos lloran con tanta fuerza que sientes un gran dolor; te sientes acorralada. Estás entre decidir estudiar medicina o, sencillamente, no estudiar nada, ya que tus padres no querrán darte lo necesario para que estudies lo que te gusta. ¿Qué más puedes hacer?

—Si tan solo me escucharan… —piensas.

Tus padres están en la habitación comentando entre ellos lo ocurrido contigo, definitivamente, tu padre no está dispuesto a permitir que —según él— "fracases"…

# Capítulo IV

## *Resignación*

Te diriges a tu cuarto decepcionada y sin ánimo de nada; sientes que has perdido la fe, que no te queda más que seguir una tradición familiar, la cual desearías no continuar. Te sientes diferente en muchos aspectos a tu familia, pero te lo callas para no escandalizarlos aún más.

Yo sigo aquí a tu lado esperando que me hables, pero sientes que hasta la fe te ha abandonado; no deseas más hablar conmigo, no deseas más orar a Dios. Ignoras que, si lo hicieras, todo sería más fácil para ti; estás iniciando a perderte en el inconsciente colectivo, en las normas y reglas de la sociedad, es decir, en donde se dice que hacer esto o lo otro es bueno o malo. Sigues sin entender que todos tienen procesos diferentes y no necesariamente las cosas van a funcionar como dice la mayoría; por el contrario, el hecho de trabajar o hacer cosas que tú no quieres, puede generar frustración, insatisfacción y desdicha.

Te recuestas en tu cama suave y abrazas la almohada, piensas en todo lo que te han dicho, en que tal vez tengan razón tus padres: no te gustaría vivir una vida de carencias materiales. Tú misma tratas de convencer a tu alma de que quizás sea lo mejor, que lo demás sólo es un sueño que debería quedar en el pasado e intentas enterrarlo en lo más profundo de tu ser. Aunque en ese momento no logras conseguirlo porque tu alma sigue empeñada en conectar con tus sueños; tu alma se siente intranquila con esa lucha interna entre lo que realmente deseas y lo que te han dicho que es bueno para ti. Te quedas dormida, pero ya no me buscas más, ni con pensamientos, ni con palabras; solo has deseado dormir para olvidar, por lo menos por esta noche.

El reloj ha sonado fuertemente, despiertas y tocas tus mejillas, por las cuales aún corren las lágrimas que tu alma derramó mientras dormías. Estás decidida a complacer a papá y a mamá con el sueño que ellos te han impuesto. Te diriges al baño para ducharte y, así, tener la mejor cara cuando bajes a desayunar con tus padres. Quieres mostrarles una buena cara, e incluso sonreírles, cuando les digas que aceptas estudiar medicina; según tú, les darás una gran alegría, a pesar de que te estás negando a ti misma.

Bajas a desayunar, ya todo está listo en la mesa: los chilaquiles, el café, frutas y algunos panes. Te sientas en la mesa y, aunque los aromas en la mesa te parecen deliciosos, ni siquiera eso te hace sentir hambre. A pesar de ponerte la máscara de la felicidad, en el fondo, sientes una gran tristeza; pero estás decidida a complacer a tus padres porque en la noche, antes de dormir, te has preguntado si realmente tus padres tienen razón. Si no tuvieras dinero, ¿dónde vivirás?, ¿qué comerías?, ¿cómo pagarías tus cuentas?

Todos estos cuestionamientos vienen a raíz de todo lo que te han dicho las personas que te rodean. Esta vez, a pesar de tu dolor y de las lágrimas que derramaste, has tomado la decisión, la cual no has querido platicarme. Has empezado a considerar que hablar conmigo es cosas de niños; piensas que no te puedo ayudar o, por lo menos, poner en tu imaginación alguna solución. Te miro con amor, mi amada niña, y aunque quisiera poder ayudarte, no puedo hacerlo por tu libre albedrío.

Entonces, antes de ir al colegio, le das la buena noticia a tus padres. Ellos, muy contentos, te abrazan y sonríen mientras tu padre te dice: "vas a ser mejor que yo, te lo aseguro". Les sonríes también solo para hacerles creer que estás a gusto con la decisión. Después, dice tu madre: "anda, desayuna antes de que se te haga tarde... mira que mi futura doctora tiene que estar bien". Tú sonríes mientras tomas un pan y te despides: "ya es hora de irme, antes de que se me haga tarde".

Llegas a la escuela con algo de tristeza por no poder cumplir tus sueños y te consuelas diciéndote a ti misma:

—Es lo mejor, quiero vivir bien, ser exitosa y comprar todo lo que desee. Es lo mejor para asegurar mi futuro... —pero en el fondo tu alma sabe que no es eso lo que quieres.

Ha llegado el día en que debes asistir a la universidad. Más que contenta, estás resignada, pero no quieres parecer inconforme, por lo que bajas a desayunar mostrando un falso rostro de felicidad. Ha llegado el momento de enfrentarte a una realidad distinta a la que realmente deseas.

Cada día, te esfuerzas para estar a la altura de muchos de tus compañeros, quienes son apasionados de la medicina. Si bien se queman las pestañas, lo hacen con el entusiasmo de que están en el camino de hacer lo que realmente aman. Tú, por el contrario, debes esforzarte más del doble para lograr el sueño de tus padres de convertirte en una prestigiada doctora ; ellos están tan contentos por la carrera que elegiste, mientras tú estás a punto de convencerte de que has hecho lo mejor.

Ha llegado el día de tu graduación, sonríes por fuera. Has hecho un constante esfuerzo por convencerte de que has hecho lo mejor, incluso, se te ha olvidado que empujaste hasta lo más profundo de tu ser lo que realmente deseabas hacer en esta vida. Como muchos humanos, se te ha olvidado la razón por la que estás en este mundo; se te está olvidando hacer uso de los dones y talentos con los que has venido a la Tierra, aquello que no solo te hace feliz a ti, sino que además las otras personas disfrutan y agradecen. Esos talentos únicos que posees, aquello que solo tú puedes compartir con los demás.

Trabajas mucho tiempo y tus escasos ratos libres los dedicas a leer para así ayudar mejor a tus pacientes. Ya ni siquiera consideras pasatiempo lo que tanto amabas hacer porque, según tú, eso sería tanto como perder el tiempo. Tus padres están muy orgullosos de ti y, a pesar de que no vives con ellos, sueles visitarlos por lo menos una vez cada quince días.

Sin embargo, ahora tienen una nueva preocupación sobre ti: desean ser abuelos, pero desde que terminaste la universidad no te conocen ningún novio, pues el que tenías cuando estudiabas era músico y a tus padres no les gustaba —ni a qué se dedicaba, ni cómo vestía, ni nada de él, es decir, no lo querían como novio de "su princesa"—. De tantas ideas que te metieron en la cabeza, un día decidiste alejarlo de tu vida y, desde entonces, no te has interesado por nadie más. Lo volviste hacer: callaste tu voz para escuchar únicamente la de los demás.

—Debemos hablar con ella, sino se apura se quedará para vestir santos –le dice tu mamá a tu padre.

—Sí, ya necesitamos niños corriendo por toda la casa —comenta él.

Yo te acompaño como siempre y me quedo callado a tu lado, intentando escuchar tu alma, tus deseos, tus sueños, tus pasiones; es como si todo eso dentro de ti se hubiera quedado silenciado, intentado gritar en vano, ya que su voz se ha enmudecido. Se te ha olvidado escuchar a tu corazón y a tu alma, porque tú curas el cuerpo y no el alma de aquellos que acuden a ti; ahora piensas que basta con curar el cuerpo sin ni siquiera pensar en lo que necesitan las almas de tus pacientes. Desconoces que el alma también se enferma y el cuerpo lo siente…

Llegas a casa de tus padres, quienes se sientan en el jardín como suelen hacerlo desde que vivías con ellos. Charlan mientras disfrutan de un delicioso café y de un pan de nata; los tres parecen estar muy a gusto conversando y disfrutando de la tarde, rodeados de las flores del hermoso jardín que tu madre ha cuidado con tanto esmero y cariño. Se escucha el cantar de los pájaros y el viento los acaricia suavemente. En tu niñez y adolescencia, seguramente, te habrías dado cuenta de todos esos pequeños, pero bellos detalles que en ese momento están ocurriendo a tu alrededor. Quizás habrías hecho poesía de ese instante maravilloso, pero el estrés, el trabajo y todas tus "ocupaciones de adulto" han hecho que estés más pendiente de lo que vas a hacer más adelante que del momento en el que te encuentras ahora.

Tu padre y madre hablan de lo orgullosos que se sienten al ver tus logros y éxitos. Sonríes y les agradeces el que te hayan puesto en el camino donde te encuentras ahora, porque gracias a ello, te encuentras hoy disfrutando de dichos triunfos. Aunque en el fondo, sabes que sientes que te falta algo en la vida; te sientes frustrada sin saber por qué, pues según la gente que te conoce, eres una mujer exitosa, lo cual has logrado a base de mucho esfuerzo. Has tenido que estudiar por más horas que cualquiera de tus colegas. Te quedas pensando y dices a tus padres:

—Claro que he merecido el éxito, ha sido gracias a tanto esfuerzo, pero siento que aún me falta algo. No sé qué sea, pero mi vida necesita algo más.

—Hija —responde tu madre—, justamente de eso te queríamos hablar hoy...

La miras a los ojos y le preguntas de qué se trata.

—De eso que le falta a tu vida, hija. Te has esforzado mucho, has conseguido muchas cosas de las cuales estamos muy orgullosos; sin embargo, por lo que nos dices ahora nosotros también sabemos que realmente algo le falta a tu vida.

—Madre, ¿cómo puedes tu saber que le falta a mi vida? —le respondes.

—Pues es lo que a toda mujer le falta en este mundo y como mujer te lo digo, hija: necesitas un hombre a tu lado, que te ame y respete, con quien puedas tener hijos y formar una bella familia.— Responde tu madre.— Y no debes dejar pasar mucho tiempo porque el tiempo no perdona, entre más edad tengas, menos oportunidad habrá de que un hombre se fije en ti. Además que, como doctora, tú lo debes saber mejor que yo, el reloj bilógico no se detiene. Encima tu padre y yo cada vez nos hacemos más viejos y realmente deseamos conocer, jugar y amar a nuestros nietos.

Te quedas callada por un momento mientras tu padre agrega:

—Sí, hija, nada nos haría más felices en esta vida que conocer a nuestros nietos y disfrutarlos; ya cuando estemos muchos metros bajo tierra, ni siquiera sería necesario que fueras a nuestras tumbas a presentárnoslos. En vida es cuando se le da todo a las personas. De hecho, quería comentarte que quiero presentarte a Luis, el hijo de un gran amigo mío, Gabriel, uno que se reunía con nosotros los fines de semana para comer y charlar… no sé si lo recuerdas, hija. Nos encantaba soñar que nuestros hijos se unirían un día en matrimonio y, de esta manera, nuestras familias permanecerían unidas. Luis es ahora un exitoso abogado, su padre le ha hablado mucho de ti, e incluso, un día, mientras estábamos en una conversación, él apareció de repente y Gabriel le dijo: "él es el padre de María, la chica de la que tanto te hablamos tu madre y yo". Fue en ese momento que aproveché para mostrarle una foto tuya que traía en mi teléfono; él dijo que eres muy hermosa y que le encantaría conocerte. Por ello, sus padres y nosotros hemos organizado una pequeña reunión el próximo fin de semana para que ustedes puedan conocerse y platicar…

De repente, interrumpes a tu padre diciendo:

—Pero, padre, ¿cómo es posible que hayan organizado tal cosa sin ni siquiera consultarme? ¿Quién les ha dicho a ustedes que yo quiero casarme y tener hijos? Lo que yo necesito es disfrutar un poco de todo el esfuerzo que he hecho, el cual empezó al querer complacerles. Quiero viajar y disfrutar un poco de la vida mientras aparece el hombre con el que yo he de decidir casarme. Tengo 27 años, pero quiero disfrutar un poco más de todo lo que hasta hoy he logrado. Y sí quisiera tener hijos, pero considero que aún no es el momento. —Súbitamente, te paras de la silla muy molesta, tomas tu bolsa de mano y te diriges a tu coche con lágrimas en los ojos.

Vas camino a casa, intentando entender por qué tus padres han querido tener el control de tu persona y vida en todo momento; por qué no permiten que, por una vez en tu vida, seas tú quien decida qué rumbo tomar. Te sientes triste y lloras desconsoladamente…

Llegas a tu casa, te sientas y la ansiedad hace que te dirijas a la cocina para picar todo lo que puedas. Mientras comes, recuerdas la frase de tu mamá: "deja de comer eso que te engorda". Luego, te sientas en el mueble para ver una película, pero te quedas dormida con la charola de palomitas sobre la panza; después de un rato, se voltea la charola con todo y lo que quedaba en ella.

Entretanto, en la casa de tus padres, tu madre llora porque tu padre se ha puesto mal y lo han tenido que llevar al hospital. Te marca al teléfono, pero no logras escuchar, pues lo has dejado en la bolsa y ésta se quedó en tu recámara. En tu sueño profundo, tienes una pesadilla: tu padre camina dormido y está a punto de cruzar la calle en la oscuridad y con los ojos cerrados; en eso, logras verlo y corres desesperada hasta jalarlo de la mano. Lo abrazas fuertemente, mientras las lágrimas se asoman por tus mejillas, y con gran alivio miras al cielo para agradecer a Dios por haber salvado a tu padre.

En ese momento, sientes como si cayeras y abres los ojos con gran agitación en tu pecho y con lágrimas en tus mejillas. Te percatas de que te has quedado dormida en el mueble y miras el reloj; ya pasan de las dos de la mañana para hablar a casa de tus padres y saber cómo se encuentran. Entonces, decides seguir durmiendo, así, con todo y maquillaje, y con la ropa que traes puesta, pues sientes mucho cansancio.

A la mañana siguiente, despiertas y te preparas un desayuno muy ligero porque te has dado cuenta de que ya no hay tiempo para nada más. Te bañas, te cambias, te maquillas un poco, te peinas y tomas el bolso de mano sin siquiera revisarlo. Y es que debes darte prisa porque estás sobre tiempo. Sí, el tiempo que todo lo mide, aquel por el que la mayoría de la gente corre de un lado a otro sin darse cuenta de las cosas bellas que existen a su alrededor; sin siquiera poder disfrutar aquellos pequeños momentos que no volverán y que, sin embargo, mañana van a añorar y desear que regresen. Si supieran que cada instante debe disfrutarse porque jamás volverá; cada momento es distinto: lo que hoy viven es lo que mañana recordarán. Hay quienes se lamentan de no haber hecho, de no haber dicho, de no haber disfrutado.

El momento es ahora, ayer ya terminó y mañana aún no llega. Si pensaran por un momento en la delicia de sentarse en una mesa, bajo un árbol junto a sus padres, hermanos o toda la familia reunida; o en una mañana tomando un café delicioso, con pan de dulce y una buena charla; o si por un momento imaginasen a todos riéndose de las aventuras que juntos han vivido, sintiendo el momento, disfrutándose los unos a los otros; o si se sentaran debajo de un árbol, solo a admirar lo que hay alrededor, sintiendo la suave caricia del viento y tocando la tierra sin importar nada más que ese agradable momento; o quizás solo escucharan el silencio, aunque solo sea el silencio de sus propias voces… disfrutarían la vida.

Llegas a la clínica y encuentras a tu madre llorando desconsolada. Te mira molesta y no solo te culpa de lo que le ha sucedido a tu padre, sino además te dice que eres una desconsiderada por no contestar sus llamadas —no imaginaba que hasta ese momento ni siquiera has podido ver el teléfono, pues el cansancio te dominó y te quedaste dormida en cuanto llegaste; y porque despertaste algo tarde no se te ocurrió abrir el teléfono—. Te quedas callada sin saber qué decir, pues no ha sido culpa tuya todo lo que ocurrió, pero tu madre está segada por el enojo. Entonces, después de unos segundos de silencio, le preguntas que ha ocurrido y ella te responde que luego de que saliste de su casa, él se puso mal, sintió un dolor de estómago muy fuerte gracias al coraje que hizo contigo; la miras con cierta tristeza y le dices que te vas a retirar para examinarlo.

Llegas a donde está tu padre, aún se encuentra dormido, pues le han suministrado un medicamento para calmar la infección estomacal que traía. Te quedas junto a él para cuidarlo un momento y, en ese instante, recuerdas el sueño y deseas que se recupere pronto.

Han dado de alta a tu padre y lo llevas a casa. Le contratas a una enfermera para que lo cuide por unos días y decides quedarte en casa de tus padres mientras él se recupera por completo.

Mientras tanto, tu madre está feliz de que estés con ellos, pero no pierde oportunidad para decirte que ya debes casarte porque el tiempo pasa y después será muy difícil para ti hacerlo. Si fueras hombre sería diferente, pero ella desea ver a sus nietos correr por su casa y que lo mismo desea tu padre. Te repite que Luis es un buen partido para ti, que es guapo y además sus padres son amigos de la familia.

"¿Quién mejor que él?", te pregunta tu madre. Le respondes que has conocido a alguien que ha llamado tu atención, pero al escucharte decir eso, continúa hablando de Luis como si no hubieras dicho nada. Te comenta que tu padre y ella están organizando una comida para que lo conozcas. Con tal de no alterar el estado de salud de tu padre, accedes a estar presente en la reunión que tus padres han organizado para que tú y Luis se conozcan.

Ha llegado el día que tus padres anhelaban para que su hermosa hija conozca a quienes ellos han considerado tu futuro esposo. Sin más, te alistas para salir a trabajar y de regreso estar presente en la reunión. Bajas, te sientas en las sillas del comedor y disfrutas de un cóctel de frutas; luego, te levantas de la mesa —no sin antes tomar un sorbo de café— y te diriges hacia tu coche, mientras te marchas, tu madre te recuerda que debes estar puntual para conocer a Luis y a su hermosa familia.

Te diriges a tu trabajo con la salud de tu padre en mente —es común que siempre pienses en los demás antes que en ti—. Llegas a la clínica dispuesta a trabajar y entregarlo todo —tal y como te lo enseñaron tus padres—. Es un día muy pesado, has atendido muchos pacientes; miras el reloj y te das cuenta de que es muy tarde, que ya no podrías por más que quisieras llegar a tiempo; probablemente no encontrarás a los invitados. Te recuestas en el sillón y cierras los ojos para descansar un momento, pero estás tan cansada que te quedas dormida por una hora. Al despertar, miras el reloj nuevamente y caes en cuenta de que debes regresar a casa, por lo menos, para cenar y descansar un poco.

Llegas a casa y, en cuanto abres la puerta, ves que tu madre se ha quedado dormida en el sillón esperándote. La despiertas para que se vaya a acostar a su recámara, pero solo recibes reproches de ella en cuanto despierta. Subes a la recámara y, al intentar dormir, recuerdas los reclamos de tu madre; sus palabras resuenan en tu cabeza y pareciera que todos sus argumentos empiezan a convencerte...

# Capítulo V

## Un nuevo paso

Te recuestas en la cama, pero olvidas quitarte el maquillaje y cambiarte la ropa. Tus pies quedan colgando. De pronto suena el despertador y sientes que no has dormido nada; te duele el cuerpo por la forma en que te quedaste dormida. Te duchas y te arreglas un poco; bajas a la cocina por una taza de café y un par de galletas, las cuales ni siquiera disfrutas, pues lo único que deseas es salir lo más pronto posible —también para no enfrentar nuevamente a tus padres—. Tratas de perderte un poco en el trabajo, pero, a pesar de que te encanta ayudar a tus pacientes, tu alma no se siente del todo feliz.

Por más que estés ocupada, te sientes algo deprimida y has llegado a pensar que quizás tus padres tengan razón al decirte que es momento de formar una familia; que tal vez la persona adecuada para ti sea aquel hombre que han intentado presentarte y que tú no estabas interesada en conocer. Decides hablar con tus padres al regresar del trabajo para pedirles que te presenten a Luis. Sin embargo, te estás engañando a ti misma, sigues caminando en la dirección equivocada, sigues hacia el camino donde lo único que no se cumple son tus sueños; pero, según tú, con ello haces felices a tus padres y, por eso, piensas que estás haciendo lo correcto. ¿Quién además de ti puede saber cuáles son los deseos de tu alma?

Llegas a casa y hablas con tus padres, quienes se alegran mucho de la decisión que has tomado. Entonces, tu madre empieza a planear e invita a sus amigos y a su hijo a comer; quiere que ese día todo salga perfecto. Entretanto, te retiras porque quieres distraerte un rato con un buen libro. A pesar de que inicias la lectura, te distraes con mucha facilidad y sientes una gran tristeza, la cual no entiendes. Además, te sientes cansada y como si nada tuviera importancia. Crees que todo radica en conocer a Luis y ver qué pasa; piensas que tal vez si te hace falta alguien a tu lado para descansar un poco de tus tristezas. Pierdes de vista que las decisiones que has tomado te han llevado hasta ese punto y que lo que más necesitas, antes de iniciar cualquier tipo de relación, es sanarte a ti misma, sanar tus sueños frustrados y las heridas que pudiera haber en ti.

Al fin ha llegado el día. Tratas de arreglarte lo mejor posible y bajas al comedor, donde te esperan tus padres y los invitados. Los amigos de tus padres comentan lo hermosa que te ves y tus padres llenos de orgullo también dicen: "además de hermosa es muy inteligente". Luis se queda sin palabras al verte tan hermosa; oficialmente los presentan e inician la charla. Los dos se miran físicamente atractivos y, a partir de ese momento, inician una gran amistad.

Con forme pasan los días y, gracias a la gran amistad que ha surgido entre los dos, empiezan a salir juntos a diferentes lugares. Realmente la pasan muy bien. Sus padres creen que han logrado su objetivo: que ustedes están enamorados y que pronto deberán casarse. La realidad es que ustedes apenas han logrado entablar una gran amistad. Pasan los días y el otoño se acerca. Sentada en el sillón, miras por la ventana cómo el viento hace que las hojas secas caigan; observas toda esa maravilla de la naturaleza y sientes una especial conexión con la vida misma. Estás disfrutando hasta los huesos de tan hermosa escena; sientes en tu paladar el sabor delicioso de una pequeña taza de café; tu imaginación empieza a volar a aquellos tiempos en los que observabas con atención, alegría e intensidad las cosas que sucedían a tu alrededor —cuando todo parecía tener vida y te provocaba gran admiración cada cosa bella que veías a tu alrededor—.

Ese olor a café, que ahora entra por tu nariz, te hacía sentir que el momento era mucho más especial. Sentías como si en ese momento, todo se hubiera detenido para dar paso al momento, al aquí y al ahora. Qué feliz te sentías de tener esas sensaciones que hace mucho no experimentabas, pero que eran las que te hacían soñar y disfrutar cada instante de tu vida. En ese momento, deseabas tener a la mano una hoja y un lápiz para, a través de ellas, interpretar tan hermosa realidad. Aunque siempre has pensado que no hay cuadro alguno que supere la belleza de las cosas reales. Sin embargo, sabes que en el dibujo, la pintura, la escritura, la música y el baile puedes expresar las sensaciones y sentimientos que te producen dichas realidades.

Qué hermoso es contemplar la realidad, hace mucho que no lo hacías; es como si te estuvieras perdiendo la vida misma al no hacerlo y, sobre todo, al no mostrarla por medio de tus talentos. Con ellos, tus interpretaciones de la realidad no solo te harían disfrutar a ti de lo que más amas hacer, sino también estarías entregando a otros algo que seguramente igual disfrutarían. Sigues ahí sentada y soñando como cuando eras niña, pero la voz de tu padre te trae de nuevo a la realidad que se ha creado por conveniencia de tu familia y, sobre todo, porque decidiste que lo que otros querían para ti era lo correcto. Sé que a veces te duele despertar en un mundo diferente al que hubieras deseado, pero ahí estás de nuevo, enfrentando una realidad creada por ti aunque dirigida por otros: tus padres, quienes siempre se han dejado influenciar por la sociedad y por las ideas familiares que se han heredado por generaciones.

Tu padre te pregunta cómo va tu relación con Luis y vuelves del sueño como si de repente estuvieras regresando del más profundo y bello de los sueños; es como si tu espíritu sintiera de manera fuerte cómo cae a tu cuerpo, como si estuvieras cayendo al vacío. Entonces, te encuentras de nuevo frente a tu realidad, frente a tu padre. Lo miras y le respondes que entre él y tú solo hay una buena y bella amistad. Tu padre no lo puede creer y te dice: "pero, cómo, muy a menudo los veo divertirse juntos y platicar". Te paras del sillón y le dices que lo único que ha surgido entre los dos es una gran amistad; tu padre te mira desconcertado y triste a la vez. Empiezas a sentir culpa de algo que realmente no es tu responsabilidad, porque no es tu responsabilidad lo que siente tu padre. Tu responsabilidad son las decisiones que tomas con respecto a ti y a tu vida, pero no lo que otros deseen o decidan para sus vidas, ni para la tuya. Por eso existe el libre albedrío y, en el transcurso de tu vida, te vas trazando caminos de acuerdo con lo que decidas, no es lo mismo querer que hacer.

Sin embargo, no has entendido nada de lo anterior: no deberías sentir culpa por los sueños insatisfechos de otros y en realidad por nada. Tu responsabilidad es vivir tu propia vida y de ti depende cómo has de vivirla; tú eres quien la está viviendo o, al menos, así debería de ser...

Te quedas pensando y sumergida en "tu culpa", como si fueras responsable de lo que tus padres quieren para ti... Te olvidas de ti misma, has dejado de mirar a tus propios sueños y has hecho a un lado tu propia vida por atender lo que otros quieren. Parece que aún no se te cae la venda de los ojos; caminas a ciegas a punto de caer en un abismo, uno que te hará sentir sola y triste, pero aun así finges tener la vida perfecta. Lo cierto es que el éxito de tu carrera no te da la satisfacción de utilizar tus propios dones y virtudes, porque has tenido que seguir los sueños de otros.

Te diriges a tu cama y no puedes conciliar el sueño pensando en la posibilidad de cumplir el deseo de tus padres de casarte con el hombre que han elegido para ti y, qué bien, porque así todo queda entre amigos —tratas de convencerte a ti misma—. También piensas que darles un nieto sería bueno: "tal vez es lo que me hace falta para sentirme feliz", te dices a ti misma. Pero no has entendido que tu infelicidad se debe justamente a que haces lo contrario de lo que realmente deseas.

Y te sigues sumergiendo en un abismo cada vez más profundo.

Tomas una decisión y planeas platicarla con Luis para luego comunicarla a tus padres. Te has dado cuenta de que, a pesar de ser tu amigo, Luis te observa de una forma que no es precisamente la manera en la que te miraría un amigo; además, sientes que la vida se te va en trabajo y tristeza. Piensas que quizás, al tener a alguien con quien compartir tu vida, todo cambiará, será diferente; te sentirás feliz y harás felices a tus padres, sobre todo, porque te habrás casado con quien ellos eligieron para ti. Por si fuera poco, les darás los nietos que tanto han deseado.

Estás en tu cama pensando mucho, a tal grado que la cabeza ha empezado a dolerte. Mientras tanto, quisiera decirte que las cosas no son como te han hecho creer los demás, que la felicidad viene de tu interior y no de lo que otros te han dicho; que ésta depende de ti y no del exterior. En realidad, quisiera decirte tantas cosas y ayudarte a sanar tu alma y tus emociones, a las cuales debes poner mucha atención porque pueden ser las causas de muchas enfermedades. Muestra de ello es el dolor de cabeza que has manifestado. Cómo decirte todo esto si ya no me buscas más, si te has olvidado de mí y has bloqueado tu comunicación conmigo. Aunque ahora te vea sufrir, no puedo hacer nada por ti si tú no me lo permites.

Respeto tu libertad de decisión aunque el aprendizaje sea duro y estés sufriendo. No puedo si tú no me dejas mostrarte los caminos más fáciles aunque en el fondo tu alma sabe qué es lo mejor para ti, qué es aquello que disfrutas más, qué te hace más feliz. Sin embargo, no estás acostumbrada a escucharte a ti misma ni a escuchar a tu cuerpo. Estás enfocada en cumplir las expectativas de otros y en seguir las normas de la sociedad, te preocupa qué dirán otros de ti...

Mi querida niña, aquí estoy para ti, esperando escucharte —aunque ya sé por lo que pasas—. Eres tú quien tiene que expresarlo, quien tiene que sacar todos esos sentimientos y emociones reprimidas; tienes que renovarte y buscar dentro de ti, sino podrías quebrarte un día. Si así fuera, de ti dependerá que seas capaz de reconstruirte, de no hacerlo, la vida podría mostrarte mediante golpes duros, una y otra vez, que hay caminos más bellos de los cuales podrías disfrutar si así lo quisieras...

De tanto pensar, has logrado conciliar el sueño hasta las dos de la madrugada. Suena nuevamente el despertador. Es hora de despertar e iniciar un nuevo día, es otra oportunidad, pero tú solo lo ves como un día más para perderte en la rutina, el estrés y el cansancio. De pronto, recuerdas que debes llamarle a Luis para verte con él a la hora de la comida y conversar; una vez más, has decidido hacer realidad el sueño de papá y mamá, olvidándote de los tuyos.

Ha llegado la hora de encontrarte con Luis. Te diriges al tocador para colocarte un poco de maquillaje aunque no te sientes tan emocionada o alegre como lo podría estar cualquier otra persona en tu lugar. Más bien, pareces resignada a vivir con decisiones que complacen a tus padres, pero que a ti te entristecen cada día más. No obstante, sigue siendo tu responsabilidad lo que pase con tu vida, porque tú eres quien ha tomado la decisión de vivir como otros quieren; eres tú y nadie más aunque tal vez no seas consciente de ello. Estás tomando decisiones anteponiendo la felicidad de otros sobre la tuya; lo has repetido una y otra vez, por eso te sientes infeliz y sin ánimo.

Llegas donde Luis y le preguntas cómo ha estado y cómo se siente. Él contesta que se ha sentido bien, que está muy a gusto con el trabajo que tiene, que le encanta salir a correr por las mañanas y hacer un poco de ejercicio por la tarde —ya casi entrada la noche—; y que los fines de semana se divierte mucho con sus amigos, pero que a pesar de todo eso, te ha extrañado. Aunque hace mucha cosas para no recordarte, de repente, apareces en su mente como una lucecita que ilumina sus días. A la vez, sus días se apagan al recordar que solo le importas como amigo. Tú, le sonríes con cierta compasión, intentando a la vez decirle algo, pero decides callar; mientras Luis escucha todo lo que tienes que decirle.

Él guarda un momento de silencio antes de preguntarte cómo te sientes y cómo te ha ido, entre otras cuestiones. Le respondes que no ha habido nada diferente de lo que él sabe que haces durante el día; de la casa al trabajo y del trabajo a la casa, así como de tus largas horas de lectura. Entonces, recuerdas que en efecto hay algo nuevo que contar: has regresado a casa de tus padres mientras tu padre se recupera. Él te sonríe y pregunta:

—¿Cuál es el motivo de que te hayas acordado de tu amigo? Me tenías olvidado. En realidad creí que ya no querías verme después de aquella noche de luna llena en la que, sentados debajo del gran árbol de mango que hay en tu casa, me confesaste que solo querías mi amistad después del beso que te di.

Le confiesas que lo has citado justamente para hablar de eso y le preguntas: "¿aún sigues enamorado de mí?". A lo que él te contesta:

—Casi igual o quizás más que el primer día que te vi. He intentado no sentir más nada por ti, pero hasta el día de hoy no lo consigo. Si realmente no te he buscado, es porque yo no quiero ser solamente tu amigo; sueño contigo casi todas las noches, que hacemos muchas cosas juntos, pero cuando despierto y vuelvo a mi realidad, lamento en verdad que solo se trate de un sueño. Entonces busco muchas maneras de distraerme para sentirme alegre… pero, ¿a qué ha venido la pegunta?, ¿piensas repetirme lo que ya me has dicho antes?: que valoras mi amistad y que es lo único que te interesa de mí.

Te quedas callada un momento y piensas antes de responder al cuestionamiento de Luis.

—Justamente de este tema quiero hablarte —tú le respondes—. Por eso te he hecho venir el día de hoy. Lo he pensado mucho y me gustaría que tú seas el hombre con el que despierte cada día de mi vida, con el que quiero formar una familia, con el que quiero pasar el resto de mis días.

—¿En verdad eso es lo que deseas? Me estás diciendo qué has pensado, pero no me has hablado de lo que verdaderamente sientes por mí. ¿Qué es lo que te ha hecho tomar esta decisión? Porque las veces que yo te hablé de mis sentimientos, tú me dijiste que tu único interés por mí era la bonita amistad que yo te inspiraba. Quiero que seas sincera conmigo, como yo lo he sido contigo desde el primer momento en que te conocí. Habla, deseo escucharte.

Te quedas en silencio por un momento, mirando a Luis, sin saber que decir, pero también te das cuenta de que Luis merece que le hables con sinceridad y entonces dices:

—He pensado que tú eres tan caballeroso, sincero, amable y tierno conmigo, que mereces que nos demos una oportunidad, porque nos merecemos pasar juntos por el resto de nuestras vidas…

—Pero, María, hablas "de pensar", "de merecer", pero ¿qué hay de lo que verdaderamente sientes? ¿Realmente estás aquí por qué quieres? ¿O fueron tus padres los que te dijeron que vinieras conmigo? —Te cuestiona Luis—. María, yo te amo, pero no deseo que estés conmigo porque sientas alguna obligación hacia mí o hacia nuestros padres. No quiero que estés presionada… quiero que sea tú decisión, pero no bajo la presión de nadie. No sería justo ni para ti ni para mí; no permitas que otros dirijan el barco que solamente tú debes dirigir, porque lo importante es lo que tú quieres y necesitas. No estamos en este mundo para vivir complaciendo los deseos de los demás, sino, imagínate, se te va a ir la vida en complacer y complacer a otros. ¿Y dónde quedas tú? ¿En qué momento vivirás lo que tú quieres vivir, lo que quieres hacer o simplemente ser como quieres ser?... María, tan cierto es mi amor por ti que lo único que me importa es tu felicidad, porque el amor debe ser libertad, no una jaula que te llene de amargura cada instante de tu existencia. De qué te sirve estar en un lugar si tu mente está en otro diferente. La vida se trata de disfrutar los momentos y encontrarse presente y consciente en cada uno… es vivir el momento y disfrutarlo. Tiene que ser tu voluntad —y no la de tus padres u otras personas— la que te lleve a tomar una decisión en tu vida de adulto. Deseo en verdad que seas feliz en tu vida. Perdón, pero debo retirarme.

—Lu… —apenas y alcanzas a decir el nombre de Luis sin que él te escuche. Te quedas sentada y las lágrimas corren por tus mejillas.

Te diriges a tu casa sin comprender cómo el hombre que dice amarte te ha rechazado del modo en que lo hizo. Ahora, te sientes sola, triste y frustrada; crees que es por todo lo que está pasando, no te percatas de que en realidad es algo más profundo y que tiene que ver con lo que Luis te dijo. Llegas a casa de tus padres, pero ellos no están; sin comer ni detenerte en ninguna otra parte de la casa, te diriges hacia tu recámara.

Estás desconsolada, pensando que las cosas son muy difíciles para ti; crees que no complacer a tus padres con sus peticiones, podría provocar malestar en ellos, incluso, si no te apuras a darles los nietos que desean, tal vez se irán de este mundo sin verlos y, por tanto, tú serías la causante de sus tristezas. Piensas que has fracasado en cada paso que das, sin darte cuenta que más que fracasos, la cuestión está en que has estado jugando el juego de los demás y no el tuyo. Todo lo anterior te provoca una gran tristeza.

Estás fuera de sí y decides ir a un bar a curar tus tristezas con alcohol, tú que casi nunca bebes alcohol. Piensas que Luis no te quería lo suficiente cuando en realidad él te ama tanto que te ha dado la libertad para que seas tú quien elija qué rumbo debes seguir en tu vida y no los demás. Tu tristeza no permite que escuches mi voz, no permite que me veas en sueños y tal parece que te estás ahogando en el vaso de agua que tú misma fuiste llenando al poner más interés en lo que otros quieren y en el qué dirán.

No te das cuenta que la única que te puede salvar de tal tristeza eres tú misma: por qué no quieres ver, por qué aún no has entendido… que la responsable de tu vida eres tú misma, que los demás pueden sugerirte millones de cosas, pero tú decides hacer lo que otros dicen o no. Esa es tu responsabilidad y de nadie más. La tristeza ha bajado tu energía y te ha puesto una venda en los ojos. Te subes a tu auto y manejas hacia tu casa para no ir con tus padres y, así, evitar que te vean alcoholizada.

Es muy noche, apenas y puedes ver porque las lágrimas no te permiten hacerlo. Te preguntas llorando: "¿por qué Dios no acude en mi ayuda?, prefiero irme de este mundo a seguir sufriendo". No has visto que viene un vehículo frente a ti. Por los nervios, aceleras y chocas con él. Has dejado de existir en la Tierra casi instantáneamente. Tus padres han recibido la terrible noticia, están inconsolables. Y pensar que lo que más deseabas era darles felicidad y no tristezas… sin embargo, ellos nunca se dieron cuenta de que todo el tiempo deseabas complacerlos, deseabas su aprobación. Luis se acerca a tu féretro para decirte:

—Descansa en paz, querida amiga. Sé todo lo feliz que no pudiste ser en este mundo. Te amo y deseo que vueles muy alto…

# Capítulo VI

## *Regreso a casa*

Puedes escuchar lo que dice Luis y tus padres, pero aún no puedes creer que están llorando porque ya no estás más con ellos. Yo estoy a tu lado como siempre, esta vez, espero un poco para acompañarte de regreso a casa con el Padre. Me miras con dudas y me preguntas: "¿cómo es posible que tú sí me puedas ver?". Yo te respondo:

—Porque soy tu amigo imaginario, soy con quien jugabas cuando niña, a quien le platicabas tus cosas, a quien dejaste de oír cuando creciste para que no se burlaran de ti. Soy quien te ha estado hablando durante toda tu vida en la Tierra, a quien tus oídos decidieron no escuchar más.

—¿Cómo me dices que estuviste a mi lado si nunca me ayudaste? —Me dices mientras me miras.

—En realidad, yo siempre estuve dispuesto a ayudarte y a hablarte, pero tú fuiste la que no quiso escucharme. —Me miras ahora para hacer otra pregunta.

—¿Y por qué no me cuidaste?

—Yo siempre estuve a tu lado y siempre cuide de ti, pero resulta que, por tu libertad de decisión, si tú no me permites intervenir en tu vida, no lo hago. Yo siempre esperé a que me pidieras ayuda, tal como lo hacías de niña, pero decidiste olvidarme y, ahora, estoy aquí para que regresemos a casa, yo te acompañaré en el viaje.

—Pero no me puedo ir. Mis padres me necesitan, no puedo dejarlos ahí sufriendo —me decías con gran tristeza.

—Sabes, eso fue lo que te llevó a caer en la depresión que te trajo hoy aquí. Vivías solamente para complacer a los demás; no querías que tus seres amados sufrieran, pero nunca te escuchaste a ti misma, no escuchaste tu corazón y, sin quererlo, estás justamente aquí, viendo sufrir grandemente a quienes siempre deseaste complacer. Si hubieras hablado de lo que realmente querías, si hubieras hecho lo que realmente amabas, seguramente, te sentirías muy feliz y esa misma felicidad los habría contagiado a ellos. Si te ocupas en ser feliz tú, seguramente cuidaras de ti, tanto interna como externamente, y eso se refleja. Las personas que te aman desean que seas feliz realmente, que estés sano, que te sientas bien. Cuando cuidas de ti, cuidas de quienes te aman, por ejemplo, si tú por saturarte de trabajo no comes bien, te desvelas, no te ejercitas, no meditas, no oras, no te das tiempo de calidad para pasar con los tuyos, o simplemente para estar contigo misma disfrutando de las cosas más bellas y sencillas de la vida, si no te ocupas en ser feliz, no solamente estarás cansado, sino que además no escuchas a tu cuerpo y puede llegar el momento en que enfermes. Eso hará que la vida de los seres que te aman cambie de alguna manera, pues deberán dedicarte más tiempo y no será para que juntos se diviertan, más bien, será para cuidarte y atenderte. Todo esto moverá sus vidas y planes, pero sobre todo les causará mucho dolor verte sufrir.

—Mi querida niña —continúo—, se ha enseñado de una generación a otra, cosas que quizás para la sociedad sean buenas, pero que a algunas personas las ha hecho infelices. Ciertamente, se necesitan algunas normas para convivir con los demás, mientras no se dañe a otros o a tu misma persona, no hay por qué dejar de hacer lo que te hace sentir bien y feliz. Por el contrario, te sentirías más saludable y alegre al hacer esas pequeñas cosas que realmente disfrutas hacer. Cuando sanas tu emociones, expresas lo que sientes, disfrutas lo que haces, te sientes feliz... Estás vibrando tan alto que puedes atraer las cosas que quieres en tu vida, es decir, cada vez tendrás más cosas por las cuales agradecer y te sentirás muy bien. Si los humanos practicaran el agradecimiento cada día, las personas se sentirían más alegres y a sus vidas atraerían más cosas que las hicieran felices y por las cuales tendrían que agradecer.

No deberían de ignorar los deseos de su corazón, aquellos hermosos sueños que al pensarlos como inalcanzables, se vuelven difíciles de lograr, pero si realmente creyeran en la posibilidad de cumplir sus sueños, sería así. Además, hay que tener la conciencia de trabajar en ellos por lo menos un poco cada día, no importando que a veces haya aciertos y, en otras ocasiones, situaciones de aprendizaje a las cuales les llaman "fracasos" —esas experiencias que cada día te harán más fuerte y más sabio, y que teniendo la voluntad para intentarlo cada día, te harán que te levantes las veces que sea necesario—. Deberían recordar que no solo se disfruta de los momentos gloriosos, sino también del camino porque es ahí donde permanecen más tiempo. En esos tiempos de éxito es cuando llegan los amigos y demás seres queridos a felicitarte, pero no todos saben cómo fue el camino recorrido, cuántas veces te caíste y levantaste, o cuántas veces te dijeron que no era posible. Solo tú conoces el camino que recorriste para llegar hasta donde has logrado llegar.

—Mira ahora a tus padres, destrozados y sintiéndose un poco culpables, porque creen que no vivieron juntos lo que tenían que vivir, porque les faltó disfrutar algunos momentos en familia, porque no cumpliste alguno de tus sueños, porque eras muy joven y cualquiera de ellos hubiera preferido irse antes que tú. Todo eso que dicen ya no es posible, no por lo menos en esta vida… Ahora caminemos hacia la luz y verás que, poco a poco, empezarás a sentir paz. Hemos llegado a uno de tus destinos, ahora, debo dejarte, pues necesito seguir con mis tareas del día a día mientras tú debes ir a otro lugar.

—He regresado a casa —decía María— aunque siento que debo volver. Dejé a mis padres con mucho dolor y dejé muchos sueños sin cumplir. Ahora me doy cuenta que solamente viví para cumplir el sueño de otros y, por ello, no viví la vida que me correspondía.

En ese momento, se le iluminó su rostro y un ser de hermosa luz apareció para decirle:

—Has entendido una gran verdad y, por ello, has subido de nivel. Ahora tu rostro brilla más que antes, tú brillas más —María se sorprendió al escuchar lo que aquel ser tan luminoso le decía—. Es tiempo de que subas otro peldaño, ya te están esperando para que sigas encontrando tu propio aprendizaje. Las alas con las que transitas en este lugar son sabias, solo que a veces no se dan cuenta

—continuó aquel ser lleno de luz—. Tal vez, en alguno de tus próximos escalones, quieras regresar a la tierra con algún plan para seguir aprendiendo, pero eso es decisión tuya, pues debes saber que las almas son libres de decidir cuál es el camino que tomarán y cómo desean seguir avanzando.

—¿Entonces yo podría volver a la Tierra —preguntó María.

—Por supuesto —respondió quien por el momento se estaba convirtiendo en su guía para transitar aquellos caminos.

—¿En qué momento podría yo volver a la Tierra? —era la nueva pregunta de María.

—Cuando tú lo desees, siempre y cuando, tengas un plan —respondió con una bella sonrisa aquel ser que iluminaba todo a su paso.

—¿Un plan? ¿Un plan con respecto a qué? —preguntaba María con gran curiosidad y con mucho deseo de saber.

—Sí, el plan que has de tener para ir a la Tierra, tiene que ver con las experiencias que deseas vivir en la misma —dijo aquel maravilloso ser mientras juntos continuaron el camino.

Ella pensaba en lo maravilloso que sería volver, pero esta vez para hacer realidad sus sueños. Se propuso desde aquel momento empezar a trabajar en su nuevo proyecto de vida, a la vez, seguía aprendiendo e investigaba qué más necesitaba para regresar a la Tierra. Descubrió que además de su plan, debía elegir a los seres con los que compartiría esta experiencia y qué papel tendría cada uno en su vida —era un acuerdo al que llegarían María y todas esas almas—.

# Capítulo VII

## *El regreso de las almas*

Un día observaba el cielo y recordé que hay algunas cosas diferentes en aquel lugar llamado Tierra. Si bien es cierto que aquí soy feliz —me dije—, quisiera experimentar algo diferente, quisiera saber qué se siente vivir como los humanos en el planeta Tierra; quisiera sentir los olores, sabores, pasiones, sensaciones y disfrutar de aquello que las personas viven en la Tierra… por ahora, debo continuar con mi servicio en este lugar a menos que me envíen a otra misión.

Hoy me han llamado de nuevo, debo cumplir otra misión: regresar a la Tierra para acompañar a quien ahora llevará por nombre Violeta. Dicha alma llegará a la Tierra con grandes y maravillosos dones; ella ha decidido que en esta nueva vida cumplirá muchos de los sueños que ha dejado pendientes en otras vidas, pero además desea dar algún servicio de ayuda a todo aquel que se acerque a ella para que, con sus palabras o simplemente escuchando, pueda dar un poco de alivio a quienes necesiten de su apoyo. Esta alma ya sabe quiénes la acompañarán en su nueva aventura, incluso, ha prometido que será feliz y amará a Dios profundamente, que la oración y su ángel serán su refugio, su consuelo y su fuerza. Ella sabe que como Dios no hay nadie y prometió además estar pendiente de su propia intuición, de sus propios deseos. Pedirá la intervención de su ángel cada vez que lo necesite, de no ser así, deberá ocurrir algo que la haga transitar por el camino que ella misma trazó.

Llegué al planeta Tierra nuevamente, mi nombre es Violeta y tengo tantos deseos de cumplir los sueños que escribí en el cielo, pero aún no sé con claridad a qué he venido a este mundo. Aún no entiendo por qué hay tanta tristeza en mí, quisiera no sentirme frustrada ni mucho menos triste, quisiera sentirme feliz como cuando era niña —en aquel tiempo cuando podía hablar con mi amigo imaginario, eso lo recuerdo muy bien: jugábamos, éramos tan felices—. Además, mis padres y otros adultos me animaban siempre a seguir adelante: si me caía, me levantaba de nuevo y era maravilloso ver como todos me aplaudían al ver mis pequeños grandes logros.

Todo en mí estaba muy bien, todo en mí era belleza y gracia. Todos me sonreían y hasta parecía que les daba ternura mirarme. Yo misma me miraba al espejo, me sonreía y me decía: "eres genial, divertida, alegre, simpática y además inteligente". Todo esto me lo decía a mí misma de pequeña, quizás como hasta los doce o catorce años, quizás un poco más. Ahora no recuerdo muy bien. En aquel entonces era como si mi propia alma me guiara hacia lo bello y divertido de la vida, pero las cosas cambian, la vida cambia y cuando me di cuenta ya no era la misma.

—Pero, cuénteme, ¿qué cree que ocurrió para que se diera ese cambio en su vida?, ¿a partir de cuándo se dio cuenta de que ya no era usted la misma?

—Mmm... pues vera usted, doctor, han sido tantas cosas que no sé qué fue lo que realmente me ha hecho cambiar. Aunque estoy recordando un episodio de mi vida, de cuando tenía solo 17 años; era un día en el que me miraba en el espejo y me decía, como solía hacerlo en mi mente, "eres genial y admirable, lo estás haciendo muy bien claro". Estaba haciéndome una serie de halagos, pero los decía en voz alta; no imaginé que en ese momento mi madre me miraba y, con un gesto de preocupación y de tristeza, me dijo: «¡suficiente!". Yo la miré, entonces continuó y me dijo una serie de cosas que yo no comprendí muy bien en ese momento. "Mira, hija, en esta vida hay que ser humilde; no es bueno que andes pregonando lo que has logrado, mejor no digas nada y espera que sean los demás quienes te feliciten; mientras tanto, tú calla, así los demás se darán cuenta de tu valor y de lo humilde y grande que eres", me dijo mi madre. Entonces le respondí: "pero, má, no estoy haciendo nada malo, no lo hago con mala intención, solamente me estoy dando ánimos a mí misma por mis logros; no deseo sentirme más que nadie ni mejor que nadie, más bien, siento que este ejercicio me hace sentir motivada para lograr mis objetivos y sueños. Yo tengo sueños como cualquier persona, mamá, y tengo en verdad muchos deseos de lograrlos, no quiero en un futuro pensar en si hubiera hecho esto o aquello". A lo que mi mamá respondió: "sí, mija, pero ten mucho cuidado, ya sabes que si alguien más te llega escuchar, va a pensar que eres una de esas personas que se creen más que los demás, y yo no quiero que mi hija ande en boca de no sé quién con ningún tipo de etiqueta; nuestra familia se ha caracterizado por servir a la Iglesia, por ser trabajadores y amables. Las mujeres de esta familia tenemos muy buena reputación y a nadie se le ha tachado de engreída ni nada que se le parezca; y tú por ser mi hija, no te vas a comportar de tal manera que le des a la gente de qué hablar... no, mija, mejor ayúdame a hacer los quehaceres de la casa antes de que llegue tu papá y vea todo hecho un desastre". Sólo le dije: "está bien, mamá".

—¿Y qué paso después? —preguntó el doctor.

—En ese momento, me sentí un poco mal porque pensé que tal vez mi madre tenía razón para decirme esas cosas. Entonces, me empecé a sentir culpable por ser tan amable conmigo misma; y desde aquel día decidí no ser tan centrada en mi persona, incluso, pensé que era mejor ser como mi madre me aconsejaba y, poco a poco sin darme cuenta, me olvidé de mis propios sueños. Había ocasiones en las que creí que no era buena para hacer ciertas cosas; a veces hasta me daba miedo intentarlo y es cuando, en lugar de intentar, me quedaba mirando como otros lo lograban. Me justificaba diciendo: "esto no es para mí, hay personas que realmente lo hacen muy bien, pero yo ni siquiera puedo intentarlo; no tengo tiempo para esas cosas, hay cosas más importantes que debo hacer". Ya lo intenté una vez y todo resultó ser un verdadero desastre: hablar en público en verdad no es lo mío, aunque me encantaría hacerlo, no puedo; necesito prepararme y con el poco tiempo que me queda, apenas y puedo comer... Sabe, doctor, justamente con esta charla me estoy dando cuenta de que hace mucho me dejo a mí misma para después, que todo puede ser prioridad menos yo, mucho menos mis sueños. Me he encargado de ser la que da su tiempo y esfuerzo, la que consuela y anima, la que corre a ayudar al que esta triste, pero que cuando necesita tiempo para sí misma no lo tiene. Y ahora que lo recuerdo mi madre era así: ella no tenía tiempo ni siquiera para ir a que le arreglaran el cabello. Ella decía que no tenía tiempo para esas cosas, que seguramente las que lo hacían era porque, o tenían mucho dinero para pagar a quienes les hicieran los quehaceres, o tal vez no tenían nada más que hacer.

—Qué bueno que te estás dando tiempo de venir hoy conmigo —dijo el doctor— a pesar de todas las creencias que has adquirido desde tu infancia. A veces es un poco difícil reconocer que ciertas cuestiones que estamos viviendo en nuestras vidas, son parte de una serie de patrones y de creencias que pasan de una generación a otra, las cuales influyen en cómo nos comportamos o cómo enfrentamos la vida. Porque luego pensamos: ¿qué van a pensar si hago esto o aquello? A mi familia no le gusta que yo pierda mi tiempo en esto, aunque debo admitir que es mi pasatiempo favorito; me van a criticar si voy con este vestido, aunque me encanta cómo se me ve, pero no quiero dar motivos para que digan cosas de mí, ¿y si no les caigo bien?... Este tipo de cuestiones influyen en nuestras decisiones a tal grado que, sin darnos cuenta, terminamos haciendo las cosas como los otros nos dicen. Aunque sinceramente, debo aclarar, la decisión que tomes es en realidad tu responsabilidad; nadie más puede ser responsable de lo que tú eliges a pesar de que tus decisiones estén basadas en todas esas creencias —que por mucho te alejan de lo que en realidad tu corazón está gritándote que desea—. Me da mucho gusto que estés hoy aquí estas dando el gran paso a descubrirte a ti misma, a conocerte, a amarte, a liberarte de las ataduras de tus creencias limitantes, de lo que no te permite crecer ni disfrutar de los momentos que vives día a día. Gracias por venir y por elegirme para acompañarte en este bello camino hacia una nueva conciencia.

—Gracias, doctor. La verdad es que si tuve miedo de venir. Si alguien me ve entrando a este lugar, pensaría que estoy loca y…

—Tranquila… ves, era justamente de lo que te estaba hablando hace un momento: estás cediendo tu poder a los demás. A veces, sin percatarnos y con el pretexto del qué dirán, les damos poder a otros para que influyan en nuestras vidas… pero bueno, es algo que, conforme vengas a tus terapias y avances en ellas, irás cambiando. Por hoy, ha sido todo. La próxima vez me gustaría saber un poco más de ti, Violeta. Podemos incluso ir un poco más a fondo, teniendo presente aquello que te ha hecho venir conmigo…

—Gracias, doctor. La verdad y a pesar de los miedos que tenía en un principio, muero de ganas por que sea el día de la próxima cita. El estar aquí me ha hecho sentir muy bien, en paz conmigo misma, ¿sabe? Es como si de pronto me hubieran quitado una carga muy pesada de la espalda, realmente me siento ligera.

—Pues bien, todo esto que me dice ahora, Violeta, se debe a que hoy ha expresado todo aquello que hace mucho tiempo se guarda, ya sea por temor al qué dirán, por miedo a ser señalada, porque tal vez piense que no va a agradar a los demás por el hecho de expresar lo que verdaderamente piensa o quiere. Piensa que tiene que dar más para que la valoren. Pero ¿sabe?, la que se tiene que valorar con todo es usted misma. Cuando usted se valora y ama, es más fácil que los demás lo hagan también. El propio brillo que genera al hacerlo ocasiona que las personas se sientan atraídas hacia usted y la respeten porque usted misma se respeta, se ama, toma sus propias decisiones y se siente feliz con su propia vida. Y eso, mi estimada Violeta, también hace que las cosas ocurran de mejor manera. Es como si existiera magia en su vida porque vas sin pesadas maletas, de esas que no te permiten volar. Recuerda que cuando la carga es ligera es más fácil volar. Ahora sí, Violeta, si no tienes alguna duda nos vemos en la próxima cita.

—No, doctor. Muchas gracias. Aunque quisiera quedarme más tiempo, sé que por hoy es suficiente. Nos vemos en 15 días.

—Ahora te anoto en mi agenda, pues es la hora de comida de mi asistente. Te pido por favor que cierres la puerta cuando salgas.

—Sí, claro.

Han pasado algunas semanas.

—Doctor, hace un momento, ha llamado una chica —anuncia la asistente—. Me dijo que se llama… déjeme checar la agenda… su nombre es Violeta, dice que ha hecho una cita con usted para hoy en la tarde, pero le dije que eso no era posible porque ya tiene la agenda llena y no aparece nadie con ese nombre. Le comenté que podría ser para el lunes de la próxima semana.

—Me parece bien, Luisa. Agéndala para la próxima semana. —responde el doctor.

Días después.

—Hola, buenas tardes, mi nombre es Violeta y tengo cita con…

—Me permite un momento —interrumpe la asistente—, el doctor me está llamando. Tome asiento, por favor, en un momento la atiendo.

—Sí, gracias —responde Violeta.

—¿Es usted la señorita Violeta? —pregunta el doctor.

—Sí, soy yo.

—Pase, por favor.

—Estaba con su asistente, pero me dijo que la esperara un rato.

—Así es, la mandé a revisar unos expedientes.

—Creí que atendería a la señora que estaba antes que yo.

—¿Cuál señora?

—La que está afuera, me parece que llegó antes que yo.

—Ah, la señora Martha. A ella la atendí antes que a usted y me parece que ahora está esperando a su esposo. Aquí respetamos la cita de todos y cuando me pasaron su expediente, me dijeron que estaba citada a las 3:00 de la tarde. ¿O no es usted la señorita Violeta?

—Sí, claro, mi nombre es Violeta.

—Además, no piense que me he olvidado de usted. Yo no me olvido de los rostros, señorita; tengo una magnífica memoria. Se me grabó su nombre y su rostro. Usted es nueva con nosotros, ¿no es así? Empezó hace dos semanas y quedamos que, cuando regresara, me daría más datos sobre usted. Pero siéntese, póngase cómoda. Dígame: ¿cuál es su profesión u oficio? ¿Y por qué ha decidido dedicarse a su actual oficio o profesión?

—Yo soy administradora de empresas y la empresa para la cual trabajo, en realidad, me paga muy bien, de eso no me puedo quejar. Justamente por eso decidí estudiar esa carrera. Mis padres decían que debía elegir bien mi carrera, que debía decidirme por alguna que me permitiera ganar bien.

—Pero… ¿te gusta tu profesión? —cuestiona el doctor.

—Sinceramente, al principio no tanto, pero la verdad conforme he ido adquiriendo experiencia, pues, como que me empieza a agradar.

—¿Te empieza a agradar?

—Sí —responde Violeta.

—Sin tomar en cuenta la cuestión del salario, si tuvieras que elegir otra profesión, ¿elegirías nuevamente la misma?

—La verdad es que creo que no, aunque no lo tengo muy claro. Es algo que hago bien y me gusta que las cosas me salgan bien; por el sueldo, la verdad, no me puedo quejar. Pero si lo pienso muy bien, y ahora que lo recuerdo, me gustaba mucho jugar a hacer pasteles. De hecho, me encantaba decorarlos. Cuando estaba en sexto de primaria, me iba por las tardes a casa de la vecina; ella hacía unos pasteles exquisitos, además de galletas y diferentes postres. Le pedí que me enseñara a hacer todas esas delicias que ella sabía hacer. En cambio, yo podría ayudarle en algunas cosas cuando tuviera muchos pedidos. Aprendí muy rápido y ella estaba muy contenta de tenerme como ayudante; hacíamos un gran equipo. Al principio me regalaba galletas o algún otro postre para llevar a casa. Con el tiempo, me llegó a pagar, sabía que ese dinero podría ayudarme en algo que yo necesitara. Al ver mis logros en algo que tanto me gustaba hacer y que además me pagaban por ello, me sentí contenta; me sentía capaz de hacer cualquier cosa, pues a mí corta edad sentía que estaba logrando tocar el cielo al hacer esas cosas que tanto me gustaban. De hecho, creo que de ahí provenía la costumbre de halagarme, felicitarme y decirme cosas bonitas frente al espejo.

—Perdón que te interrumpa, pero acabas de hablar en pasado, dijiste: ¿"cosas que me gustaban"? Esas cosas que te gustaban, ¿ya no te gustan más? ¿Ahora tienes otros gustos?...

—Mmm… pues la verdad… mire doctor, ni siquiera lo había pensado, pero sinceramente creo que me he olvidado de cosas que realmente me gusta hacer. Estoy siempre tan ocupada, que ni siquiera me he detenido un poco a pensar en algo que realmente me guste… Aunque pensándolo bien, creo que si ahora mismo saliera de aquí y me pusiera a hacer galletas o algún tipo de postre, mi ánimo cambiaría; sé que lo disfrutaría mucho y me olvidaría del tiempo, de las prisas, de la tristeza. Me enfocaría en hacer algo delicioso que además se viera hermoso… Para mí sería como detener el tiempo porque, cuando hago lo que me gusta, no me doy cuenta del tiempo; solo vivo ese momento intensamente, incluso, se queda grabado en mi corazón.

—¿Por qué no te tomas el tiempo para hacer lo que te gusta?, ¿en realidad no tienes tiempo?

—No, doctor. La verdad no me alcanza el tiempo por más que quisiera.

—Violeta, en verdad te digo que debes buscar la forma de hacerlo. Me hubiese gustado tener un espejo a la mano para que pudieras ver cómo brillaban tus ojos cuando hablabas de hacer postres. La felicidad se notaba en tu rostro, pero también deberías ver tu expresión cuando dices no tener tiempo para invertirlo en aquello que tanto te gusta hacer. Te propongo algo, es más, esa será tu tarea para cuando salgas de aquí y antes de regresar conmigo. Quiero que elijas un día a la semana en el cual puedas hacer unas galletas, con una decoración que a ti te guste y, cuando regreses conmigo, me platicas tu experiencia, no solo con las galletas, sino con cosas que tú creas importantes en tu avance. Por ahora, necesito que cierres los ojos porque primero vamos a hacer un ejercicio de respiración, el cual también te pido hagas en tu casa o trabajo, por lo menos, cinco minutos diarios. Esto te ayudará a estar más tranquila y relajada. Vas a inhalar y exhalar lentamente. a tu ritmo y olvidándote por un momento de todo aquello que te preocupe. Son cinco minutos para ti, en los que vas a respirar a conciencia y pondrás tu atención solamente en cada parte de tu cuerpo. Inhala y exhala… Te pido sigas con los ojos cerrados, sentada en una posición que se te haga cómoda y, en estos momentos, vamos a hacer un ejercicio de visualización. Para ello, vas a imaginarte dónde te encuentras en estos momentos de tu vida; cuando termines, sino te gusta lo que estás viendo, dale las gracias a ese camino y dirígete hacia donde realmente quieres ir. Mientras, camina y obsérvate a ti misma: qué ropa traes, cómo estás peinada, en qué lugar estas caminando, qué hay alrededor de ese lugar. Visualiza los colores, olores y disfruta el camino. Has llegado al lugar que quieres, disfrútalo y observa que estás haciendo, quiénes te acompañan; observa todo a tu alrededor. Una vez que hayas observado todo lo que te rodea y que te hayas visto como realmente te quieres ver, da las gracias. Inhala y exhala tres veces más y regresa aquí. Ahora, abre los ojos lentamente en 3, 2, 1. —Finaliza el doctor—. Cuéntame, ¿cómo te sientes?

—Me siento tranquila, me siento contenta y, además, como si me hubieran quitado una carga de encima.

—Pues bien, mi estimada Violeta, además de las galletas, estos ejercicios que hicimos hoy también serán tus tareas de ahora en adelante. ¿No sé si deseas decir algo más?, ¿o por hoy hemos terminado?

—No, doctor. En realidad, lo único es que me voy muy contenta, como si el tiempo no hubiera transcurrido, pero veo mi reloj y han pasado dos horas. Me siento muy bien, gracias. Nos vemos en 15 días.

—Cuídate.

—Qué sensación la mía ahora, a diferencia de otros días me siento tranquila, en paz, pero además deseo ir a descansar —como pocas veces lo hago por las tardes—. Me siento tan ligera. Iré a descansar… ¿y si me duermo? Bueno, eso ahora no importa, pues necesito descansar. ¿No sé qué me pasa? Pero, por lo menos, ahora no me siento obsesionada con hacer diferentes cosas; solo pienso en que debo tomarme un momento para mí, para descansar como hace años no lo hago —por estar corriendo de un lado para otro—. Debo dormir –se decía Violeta a sí misma, mientras se iba quedando dormida.

En sus sueños, se veía haciendo los más deliciosos postres con decoraciones extraordinarias. La gente realmente disfrutaba de sus exquisitos sabores, a la vez, les encantaban las decoraciones de los mismos. Ella sentía que su trabajo era verdaderamente valioso, lo disfrutaba y pensaba:

—¡Es genial que me paguen por hacer esto que realmente disfruto! Me pagan por mi pasatiempo favorito; es maravilloso ver cómo las personas disfrutan de mis postres y, enciman, me agradecen lo bien que se ven y que saben. ¡Me siento feliz!

Había pasado más de una hora y Violeta apenas estaba despertando. Pegó un brinco de la cama y sentía que había descansado bastante bien. Creyó que ya estaba comenzando un nuevo día, mientras se preguntaba: "¿por qué no habrá sonado la alarma?". Pensó que había dormido tanto, pero, al ver la hora en su teléfono, se dio cuenta que era el mismo día. Entonces se dirigió a la cocina mientras decía:

—Es hora de comenzar mis prácticas… mmm… me parece que aún tengo insumos de un postre que hice hace ocho días. Con eso puedo hacer algún postre, por lo menos, uno pequeño para llevar mañana a la oficina y compartirlo con alguien.

Transcurrido unos meses, Violeta era otra: su rostro reflejaba una gran felicidad y armonía. Todos los que la conocían le preguntaban:

—¿Qué ha pasado contigo?

—¿Por qué? —preguntaba ella.

—Te ves radiante y feliz todo el tiempo. Se nota una sonrisa agradable en tu rostro; eres mucho más amable de lo que normalmente solías ser. ¿Acaso el amor ha tocado a tu puerta? —le decía un compañero.

—Eso debe ser —contestaba Clara.

Entonces, con una mirada llena de paz y una sonrisa dulce, Violeta contestaba:

—La verdad es que sí, estoy enamorada, enamorada de mí, orgullosa de mí, de mi crecimiento como ser humano, de saber lo que valgo y que tengo talentos y virtudes los cuales amo y me encanta hacer uso de ellos. Me siento afortunada, feliz, con mucha energía y con muchas ganas de mostrar al mundo que se puede ser feliz con lo que se tiene; que amarse a una misma es el principio de un gran amor que te lleva a amar a otros. Quiero compartirles que cuidar de ti es amar también a los demás, pues si tú estás bien, los que están a tu alrededor lo estarán; que disfrutar el momento es mágico porque te hace sentir mejor y porque el tiempo no regresa. Hay que disfrutar y sentir, usando todos los sentidos; que nuestros pensamientos nos pueden ayudar si son positivos, de lo contrario, nos pueden llevar a cosas que realmente no deseamos. Por ello, no debemos pensar en lo que no queremos que se manifieste en nuestras vidas. Debemos poner nuestra mente y acciones en lo que sí deseamos vivir.

Mientras Violeta decía todas aquellas palabras y muchas más, sus compañeros pararon sus actividades tan solo para escucharla. Ella estaba tan emocionada hablando que ni siquiera se había dado cuenta de que estaba rodeada de gente.

De repente, alguien abrió la puerta de golpe y, entonces, fue cuando se dio cuenta de que todos la escuchaban con mucha atención y parecía que querían escuchar más de lo que compartía. Entonces, el gerente les dijo:

—¿Qué pasa aquí? Vuelvan todos a sus actividades. —casi sin pensarlo, Violeta volteó y le respondió.

—No, señor, ahora mismo le presento mi renuncia.

Todos se quedaron sorprendidos al oír que Violeta iba a dejar la empresa; ella era realmente buena en lo que hacía y, con la actitud de felicidad que presentaba en los últimos meses, nadie imaginaba que deseaba renunciar.

Después de entregar su renuncia, se despidió muy contenta y cariñosamente de sus compañeros y les dijo: "nunca dejen de soñar y asegúrense de que se dirigen hacia donde están sus más anhelados sueños". Caminó hacia el estacionamiento, se subió a su coche y se encaminó con su psicoterapeuta. Había trascurrido un mes, tiempo que le habían dado para la nueva cita. Aunque faltaban dos horas para iniciar la nueva terapia, ella estaba emocionada de platicarle todo lo que había ocurrido; no solamente ese día, sino lo vivido durante los últimos 30 días en los que había estado realizando sus tareas. Llegó emocionada y le dijo a la asistente:

—Buenas tardes, señorita, tengo una cita con el psicoterapeuta Ángel.

—¿Me podría decir su nombre?

—Sí, mi nombre es Violeta y mi cita es en una hora 45 minutos.

—Señorita Violeta, lamento decirle que no aparece en las citas.

—Pero, señorita, vuelva a verificar su agenda, por favor.

—Ya lo hice, señorita, pero no aparece… Dígame, ¿usted ha venido antes?

—Claro, señorita, he venido varias veces. De hecho, me atendía otra asistente. ¡Ah! Entonces usted ha venido normalmente por las mañanas.

—No, señorita, siempre vengo en la tarde.

—Pero qué raro, yo soy la asistente de la tarde y no la recuerdo, señorita.

—Entonces, hágame el favor de preguntarle al doctor Ángel.

—¿El doctor Ángel?

—Sí.

—Perdón, señorita Violeta, pero creo que se ha equivocado de consultorio: aquí no hay ningún doctor que se llame Ángel.

—¡Cómo! No puede ser… yo he venido muchas veces… pero, usted disculpe, que tenga buena tarde.

Al salir de aquel lugar, Violeta no se explicaba lo que había ocurrido. A pesar de todo, pensó en seguir haciendo lo que más le gustaba hacer, disfrutando cada momento. Además, aquel día se había dado cuenta que ella, a través de su experiencia y palabra, podía ayudar y motivar a otros para cumplir sus metas.

Entonces, al llegar ese día a casa, se dio su tiempo para descansar y pensar un poco. Un rato después comenzó a planear las charlas motivacionales que quería compartir en diferentes lugares, pero estaba tan cansada que al hacerlo, se quedó dormida con la cabeza en su escritorio; de pronto, en su sueño, vio al doctor Ángel. Ella se acercó a él sintiendo una gran paz, mientras él le decía:

—Lo estás haciendo muy bien, ahora sabes qué es lo que te hace feliz y, sobre todo, algo que muchas veces me preguntaste: ¿cómo puedo ayudar a otros? Pues bien, querida niña, tienes el don de la palabra y, con ella, puedes transmitir paz, amor y entusiasmo. Me alegra que te hayas dado cuenta. Continúa con tus proyectos y nunca dejes de brillar, de soñar, de sonreír, de amar y de disfrutar. Yo soy quien, en tus sueños de niña, te hablaba como uno más de tus amigos, quien al presentarse ante ti como amigo, te decía que había venido a este mundo cargado de sueños.

Si en algún momento sientes que ya no puedes más, ven conmigo y háblame. Aquí estaré esperando, como siempre: yo soy quien te cuida y protege… quien acude a ti cuando le pides ayuda. Yo estaré siempre dispuesto a ayudarte, siempre que me lo pidas…

# *Fin*

www.ingramcontent.com/pod-product-compliance
Lightning Source LLC
Chambersburg PA
CBHW070826250626
47170CB00006B/2229